傅雷译文集

# 夏倍上校

［法］巴尔扎克◎著
傅　雷◎译

吉林出版集团股份有限公司

**图书在版编目（C I P）数据**

夏倍上校 /（法）巴尔扎克著；傅雷译 .—长春：吉林出版集团股份有限公司，2017.6（2022.8 重印）
（名家名译 / 杜贞霞主编 . 傅雷系列）
ISBN 978-7-5581-2752-6

Ⅰ . ①夏… Ⅱ . ①巴… ②傅… Ⅲ . ①小说集—法国—近代 Ⅳ . ① I565.44

**中国版本图书馆 CIP 数据核字（2017）第 128019 号**

**夏倍上校**

| | |
|---|---|
| **著　　者** | [ 法 ] 巴尔扎克 |
| **译　　者** | 傅　雷 |
| **策划编辑** | 杜贞霞 |
| **责任编辑** | 陈瑞瑞 |
| **封面设计** | 老　刀 |
| **开　　本** | 650mm × 960mm　1/16 |
| **字　　数** | 137 千 |
| **印　　张** | 10.5 |
| **版　　次** | 2017 年 7 月第 1 版 |
| **印　　次** | 2022 年 8 月第 2 次印刷 |

| | |
|---|---|
| **出版发行** | 吉林出版集团股份有限公司 |
| **电　　话** | 总编办：010-63109269 |
| | 发行部：010-63109269 |
| **印　　刷** | 天津画中画印刷有限公司 |

ISBN 978-7-5581-2752-6　　定价：36.00 元

# 目　录

## 夏倍上校



## 附录　禁治产

# 夏倍上校

Xia Bei Shang Xiao

# 一　诉讼代理人的事务所

"哎唷！咱们的老卡列克[①]又来了！"

这样大惊小怪嚷着的是一个小职员，在一般事务所中被称为跳沟的[②]。他把身子靠着窗口，狼吞虎咽的啃着一块面包，挖出些瓤搓成一个丸子，有心开玩笑，从撑开了一半的窗里摔出去，摔得那么准，面包丸不但打中了一个陌生人的帽子，还跳起来，跳到差不多和窗子一般高。陌生人刚在楼下穿过天井。天井的所在地是维维安纳街上诉讼代理人[③]但尔维先生住的屋子。

首席帮办正在那里核一笔账，停下来说："喂，西蒙宁，别跟人捣乱；要不然我把你赶出去了。不管当事人怎么穷，到

① 卡列克为十八世纪末至十九世纪初叶流行的一种大氅，相传为英人约翰·卡列克所创，上半身披肩部分长至手腕，共有两三叠之多。

② 十九世纪时巴黎街道尚极污秽，道旁阴沟污水淤积，行人常有失足之事，故吾人俗称为跑腿的，当时巴黎人称为跳沟的。

③ 法国司法制度，律师只负责庭上辩护；凡拟写状子、准备一切诉讼手续及代表当事人出庭等均由诉讼代理人负责。代理人的资格须经司法当局核准，且全国诉讼代理人的总数有一定限额。

底也是个人!”

凡是当跳沟的，通常都和西蒙宁那样是个十三四岁的男孩子，在事务所里特别受首席帮办管辖。除了上书记官那儿送公文，向法院递状子以外，还得替首席帮办当差，带送情书什么的。他的习气跟巴黎的顽童一样，将来又是靠打官司这一行吃饭的：永远不哀怜人，一味的撒野，不守规矩，常常编些小调，喜欢挖苦人，又贪心，又懒惰。可是这一类的小职员大半都有一个住在六层楼上的老母，一家两口就靠他每月挣的三四十法郎度日。

“他要是个人，干么你们叫他做老卡列克呢?”西蒙宁的神气活象一个小学生抓住了老师的错儿。

说完他又吃着面包跟乳饼，把半边肩头靠在窗框上；因为他象街车上的马似的站着歇息，提着一条腿，把靴尖抵着另一条腿。

叫做高特夏的第三帮办正在随念随写，拟一份状子的底稿，由第四帮办写着正本，两个新来的内地人写着副本。这时高特夏恰好在状子里发挥议论，忽然停下来轻轻的说道：“这怪物，咱们怎么样耍他一下才好呢?”

然后又把他的腹稿念下去：

“……但以路易十八陛下之仁德睿智……（喂，写正本的台洛希学士，十八两字不能用阿拉伯字!）……自重掌大政以后，即深知……（深知什么呢，这大滑头?）……深知天帝所赋予之使命！……（加惊叹号，后面加六点。法院里还有相当的宗教信仰，大概天帝二字还看得下去吧），故圣虑所及，欲对于为祸惨烈的大革命时期之牺牲者首先予以补偿——此点鉴于颁布诏书之日期即可证明——将不少忠实臣下（不少两字一定使法院里的人看了得意的）被充公而未曾标卖之产业，不论其是否归入公产，抑归入王上之普通产业或特殊产业，或拨归公共机关，一律发还；吾人不揣冒昧，敢断言此乃颁布于一八××年之圣谕之真意所在……”

念到这里，高特夏对三个职员说：“等忽儿，这要命的句子把我的纸填满了。”他用舌头舐了舐纸角预备把厚厚的公文纸翻过来。“喂，你们要开玩笑的话，只消告诉他，说咱们的东家要半夜里二三点钟才接见当事人，看这老坏蛋来不来。”

然后高特夏把那没结束的句子念下去：“颁布于一八……（你们赶上没有？）”

“赶上了。”三个书记一齐回答。

谈话，起稿，捉弄人的计划，都在那里同时进行。

“颁布于一八……（喂，蒲加老头，诏书是哪年颁布的？那可含糊不得。真要命！纸张倒耗费不少了。）”

首席帮办蒲加还没回答，一个书记接应了一句：“真要命！”

高特夏带着又严厉又挖苦的神气瞧着新来的抄写员，嚷道：“怎么，你把真要命这几个字也写上了吗？”

第四帮办台洛希把抄写员的副本瞅了一眼，说道：“一点不错；他写的是：那可含糊不得。真要命！……”

所有的职员听了都哈哈大笑。

西蒙宁嚷遭：“怎么，于莱先生，你把真要命当作法律名辞吗？亏你还说是莫太涅地方出身！”

“快点儿抹掉！”首席帮办说。“给核算讼费的推事看了，不要说我们荒谬绝伦吗？你要给东家惹是招非了。于莱先生，以后别这样乱搅！一个诺曼地人写状子不应该糊里糊涂①！这是吃法律饭的第一件要紧事儿。”

高特夏还在问：“颁布于……颁布于……（蒲加，告诉我到底是哪一年呀？）”

“一八一四年六月。”首席帮办回答的时候照旧做着他的工作。

事务所的门上有人敲了一下，把冗长累赘的状子里的文句打断了。五个胃口极好，目光炯炯，眼神含讥带讽，小脑袋，卷头发的职员，象唱圣诗一般同时叫了声“进来！”便一齐抬起头来。

蒲加把头埋在公文堆里（法院的俗语叫做废纸），继续写他的账单。

那事务所是一个大房间，装着一般的事务所通用的那种炉子。管子从斜里穿过房间，通到一个底下给堵死了的壁炉烟囱。壁炉架的大理石面上，可以看到大大小小的面包，三角形的勃里乳饼，新鲜的猪排，玻璃杯，酒瓶，和首席帮办喝巧克力用的杯子。这些食物的腥味，烧得太热的炉子的秽气，和办公室与纸张文件特有的霉味混合之下，便是有只狐狸在那儿，你也不会闻出它的臊臭。地板上已经被职员们带进许多泥巴和雪。靠窗摆着首席帮办用的，盖子可以上下推动的书桌；背靠这书桌的是第二帮办的小桌子。他那时正在跑法院。时间大概在早上八点与九点之间。室内的装饰只有那些黄色的大招贴，

① 诺曼地一带（包括莫太涅在内）索来是出讼师的地方，故诺曼地人不谙公文程式，特别显得荒谬。

无非是不动产扣押的公告，拍卖的公告，成年人与未成年人共有财产拍卖的公告，预备公断或正式公断的公告，这都算是替一般事务所增光的！首席帮办的位置后面，靠壁放着一口其大无比的文件柜，把墙壁从上到下都占满了，每一格里塞满了卷宗，挂着无数的签条与红线，使诉讼案卷在一切案卷中另有一副面目。底下几格装着旧得发黄的蓝镶边的纸夹，标着大主顾的姓名，他们那些油水充足的案子正在烹调的过程中。乌七八糟的玻璃窗只透进一点儿亮光。并且，二月里巴黎很少事务所在上午十点以前能不点灯写字，因为这种地方的邋遢是我们想象得到的：大家在这儿进出，谁也不在这儿逗留，没有一个人会觉得这么平凡的景象对自己有什么关系。在主人眼里，事务所是一个实验室，在当事人是一个过路的地方，在职员是一个教室：他们都不在乎它的漂亮不漂亮。满是油垢的家具，从一个又一个的代理人手里郑重其事的传下来，某些事务所甚至还有古老的字纸篓，切羊皮纸条的模子，和从夏德莱衙门出来的公文夹；这衙门在前朝的司法机构中等于今日的初级法院。所以这个尘埃遍地，光线不足的事务所，跟别的事务所一样，在当事人看来颇有些不可向迩的成分，使它成为巴黎最可怕的魔窟之一。固然，魔窟还不限于此：潮湿的祭衣室是把人们的祷告当作油盐酱醋一般秤斤掂量，计算价钱的，卖旧货的人堆放破衣服的铺子，是令人看到灯红酒绿，歌衫舞袖的下场，使人生的迷梦为之惊醒的。要没有这两种富有诗意的丑地方，法律事务所便是最可怖的社会工场了。但赌场，法院，娼寮，奖券发行所，全是污秽凌乱，不堪入目的。为什么？也许因为在这等场所，内心的活剧使一个人不在乎演剧的道具；大思想家与野心家的生活所以特别朴素，也不外乎这个原因。

“我的刀子在那儿?”

“我吃早饭呢!”

“该死！状子上怎么能放肉包子!”

“诸位，别闹啊!”

大家这样同时叫嚷的当口，年老的当事人进了事务所，正在关门。可怜虫战战兢兢，动作很不自然。他想对众人笑脸相迎，但在六个漠不关心的职员脸上找不到一点儿善意的表示，他面部的肌肉也就跟着松了下来。大概他看人颇有经验，所以很客气的找跳沟的说话，希望这个当出气筒的角色不至于粗声大气的对待他。

“先生，贵东家能不能接见我呢?”

狡猾的跳沟的再三用左手轻轻拍着耳朵，仿佛说：“我是聋子。”

“先生，你有什么事啊?”高特夏一边问一边吞下一口面包，那分量足够做一颗两公斤重的炮弹；他手里晃着刀子，交叉着腿，把翘在空中的一只脚举得跟眼睛一般高。

那倒楣蛋回答：“我到这儿来已经是第五次了，希望见一见但尔维先生。”

“可是为了什么案子吗?”

“是的，但我只能告诉但尔维先生……”

“东家还睡着呢，倘若你有什么难题和他商量，他要到半夜里才正式办公。你不妨把案情告诉我们，我们同样能替你解决……”

陌生人听了声色不动，只怯生生的向四下里瞅着，象一条狗溜进了别人家的厨房，唯恐挨打似的。由于职业关系，事务所的职员从来不怕窃贼，所以对这个穿卡列克的家伙并不怀疑，让他在屋子里东张西望。他显然是很累了，但办公室里找不到一张凳子好让他休息一下。诉讼代理人的事务所照例不多放椅子。普通的主顾站得不耐烦了，只得叽哩咕噜的走掉，可是决没办法占据代理人的时间。

他回答说："先生，我已经向你声明过了，我的事只能跟但尔维先生谈，我可以等他起床。"

蒲加把账结好了，闻到他的巧克力香，便从草垫子的椅上站起来走向壁炉架，把老人打量了一番，瞧着那件卡列克，扮了个无法形容的鬼脸。大概他认为随你怎么挤，这当事人也挤不出一个铜子来的，便说了几句斩钉截铁的话，存心要打发一个坏主顾。

"先生，他们说的是实话。敝东家只在夜里办公。倘若你案情严重，我劝你早上一点钟再来罢。"

当事人象发呆似的瞧着首席帮办，一动不动的站了一会。一般健讼的家伙因为迟疑不决或是胡思乱想，脸上往往变化多端，有些意想不到的表情，事务所的职员见得多了，便不再理会那老人，只管吃他们的早点，和牲口吃草一样的大声咀嚼。

临了，老人说道："好罢，先生，我今天晚上再来。"他跟遭遇不幸的人同样有那种固执脾气，有心到那个时候来揭穿人家缺德的玩艺儿。

一般可怜虫是不能用言语来讽刺社会的，只能以行动来暴露法院与慈善机关的偏枉不公，使他们显露原形。一朝看出了人间的虚伪，他们就更急切的把自己交给上帝。

西蒙宁没等老头儿关上门，就说："喝！这不是吹牛吗？"接着又道，"他的神气象从坟墓里爬出来的。"

"大概是一个向公家讨欠薪的上校吧。"首席帮办说。

"不，他从前一定是看门的，"高特夏说。

蒲加嚷道："谁敢说他不是个贵族呢？"

"我打赌他是门房出身，"高特夏回答，"只有门房才会穿那种下摆七零八落，全是油迹的破卡列克。他的靴子后跟都开了裂，灌着水，领带下面根本没有衬衣，难道你们没留意吗？他这种人是睡在桥洞底下的。"

台洛希道："他可能又是贵族，又是当过看门的；那也有的是。"

蒲加在众人哄笑声中说道："我断定他一七八九年上是个卖啤酒的，共和政府时代当过上校。"

高特夏回答："我可以赌东道，他要是当过兵，大家想瞧什么玩艺儿就归我请客。"

"好极了。"蒲加说。

"喂，先生！先生！"西蒙宁打开窗子叫起来。

"你干什么，西蒙宁？"蒲加问。

"我把他叫回来问问他到底是上校还是门房，他一定知道的。"

所有的职员都哈哈大笑。老头儿已经回头上楼来了。

"咱们跟他说什么好呢？"高特夏嚷道。

"让我来对付罢。"蒲加回答。

可怜的人回进屋子，怯生生的低着眼睛，也许是怕过分贪馋的看着食物会露出自己的饥饿。

蒲加和他说：“先生，能不能留个姓名，让敝东家知道……”

“敝姓夏倍。”

至此为止还没开过口的于莱，急于要在众人的刻薄话中加上一句。

“可是在埃洛阵亡的夏倍上校?”

“一点不错。”老头儿回答的神气非常朴实，说完就走了。

办公室内却是一片声嚷起来。

“哎哟!”

“妙啊!”

“嘿嘿!”

“噢!”

“啊!”

“这老滑头!”

“真有意思!”

于莱在第四帮办的肩上重重的拍了一下，力气之大可以打死一条犀牛：“特洛希先生，你看白戏看定了。”

大家又是叫又是笑，夹着一大堆惊叹辞，和许多没有意义的声音。

“咱们上哪个戏院呢?”

“歌剧院!”首席帮办说。

“且慢且慢，”高特夏抢着回答，“我没说请大家看戏。只要我高兴，我可以带你们上萨基太太那儿①。”

“萨基太太那一套不算数。”

---

① 萨基太太为当时的舞蹈大家，开着一家专演杂技的剧院。

“怎么不算数?”高特夏回答，“咱们先把事实给确定一下。诸位，请问我赌的是什么东道？请大家看点玩艺儿。什么叫做看玩艺儿？无非是看些可看的东西……”

西蒙宁插嘴道：“这么说来，带我们去看看塞纳河的流水也算请客吗?”

高特夏继续说：“……同时是花了钱看的。”

特洛希道：“花了钱看的不一定都是好看的玩艺儿；你这个定义不准确。”

“听我说呀。”

“朋友，”蒲加说，“你明明是不讲理嘛。”

“那末居尔丢斯①算不算玩艺儿?”高特夏问。

“不算，”首席帮办回答道，“居尔丢斯只是人像陈列所。”

高特夏说：“我可以赌一百法郎的东道，居尔丢斯的的确确是一种玩艺儿。他那里的门票就有几等价钱，看你参观的时候占的什么位置。”

“胡说八道!”西蒙宁插了一句。

高特夏骂道：“仔细我打你嘴巴，小鬼。”

所有的职员都耸了耸肩膀。

高特夏尽管申说理由，却被众人的笑声盖住了，便转换话题：“而且，谁敢说这老滑头不是跟我们开玩笑呢？夏倍上校明明死了，他的女人早已再嫁给参议官法洛伯爵。法洛太太现在还是本事务所的主顾呢。”

蒲加道：“这件公案搁到明天再说罢。诸位，工作要紧!

① 居尔丢斯为十八世纪末期巴黎蜡人馆的创办人。当时社会上多以居尔丢斯之姓氏称呼蜡人馆。

该死！我们这儿简直一事不作。先把你们的状子写完，赶着第四民庭没开庭以前递进去。案子今天要开审的。来，快点儿!”

“倘若他果真是夏倍上校，西蒙宁假装聋子的时候，还不赏他一脚吗?”台洛希这么说着，认为这个理由比高特夏的更充分。

蒲加接着说：“既然事情还没分晓，不妨马马虎虎，到喜剧院去瞧泰玛演尼罗罢。咱们定一个二等包厢，给西蒙宁买张正厅票。”

首席帮办说完便在书桌前面坐下，大家也跟着坐下了。

高特夏重新念他的稿子：“颁布于一千八百一十四年六月——（要写全文，不能用阿拉伯数字。你们赶上没有?)”

两个抄副本的和一个抄正本的一齐回答：“赶上了。”他们的笔尖在公文纸上格吱格吱的响着，办公室内的声音活象小学生捉了上百只黄金虫关在纸匣里。

起稿员嘴里又念着：“恳请钧院诸位大人……（慢点儿！我得把句子再看一遍，连我自己都搅不清了。)”

蒲加也在那里自言自语：“四十六……（嗯，不错，一个人常常会搅不清的！……”）加三等于四十九……”

高特夏把底稿重新看过了，一口气念道：“恳请钧院诸位大人仰体圣谕意旨，对荣誉团秘书处之行政措施迅予纠正，采用吾人以上申说之广义的观点制成判决……”

小职员插嘴道：“高特夏先生，要不要喝一口水?”

“西蒙宁真淘气!”蒲加说。——“喂，小家伙，赶快把这包东西送到安伐里特宫去。”

高特夏继续念他的文件：“……以保障葛朗里欧子爵夫人

之权益……”

首席帮办听了叫起来：“怎么！你胆敢为葛朗里欧子爵夫人告荣誉团的官司作状子吗？事务所对这案子的公费是讲的包办制。啊！你真是个大傻瓜！赶快把你的状子，连正本副本一齐丢开，等将来办拿伐兰告救济院案子的时候再用罢。时间不早了，我要办一份等因奉此的申请状，还得亲自往法院走一遭……”

上面那一幕可以说是人生趣事之一，将来谁回想起青春时代，都不由得要说一声；“啊，那个时候才有意思哇！”

半夜一点光景，自称为夏倍上校的老人跑来敲但尔维先生的门了。但尔维是塞纳州初级法院治下的诉讼代理人，虽然年纪很轻，在法院中已经被认为最精明强干的一个。门房说但尔维先生还没回来，老人说是有约在先，便上楼走向法学大家的屋子。将信将疑的当事人打过了铃，看见首席帮办在东家饭厅里的桌子上整理一大堆案卷，预备第二天依次办理，不由得大为诧异。帮办见了他也同样吃了一惊，向上校点点头，让他坐下了。

“先生，你把约会定在这个时间，我还以为是说笑话呢。”老头儿说着，象一个潦倒的人勉强堆着笑容一样，特意装做很高兴。

首席帮办一边工作一边回答：“帮办们说的话虚虚实实，不一定都是假的。但尔维先生有心挑这个时间来研究案子，筹划对策，确定步骤，布置防线。他的过人的智慧这时候特别活跃，因为他一天之中只有这个时间才得清静，想得出好主意。他开业到现在，约在半夜里商量案子的，你是第三个。东家晚上回来，把每桩案子都考虑过，每宗文件都看过，忙上四五个钟点，然后打铃叫我进去，把他的用意解释给我听。上午十点到下午两点，他接见当事人；余下的时间都有约会，晚上出去应酬，保持他的社会关系。因此他只有夜里才能研究案情，在法典中找武器，决定作战计划。他一桩官司都不肯打输，对他的艺术爱好到极点，不象一般代理人那样无论什么案子都接。你看他多忙，所以钱也挣得很多。”

老人听着这番解释，一声不出，古怪的脸上表现一副痴呆的神气；帮办看了一眼，不理他了。一忽儿但尔维穿着跳舞服装回来了；帮办替他开了门，仍旧去整理案卷。年轻的代理人在半明半暗中瞥见那个等着他的怪当事人，不由得愣了一会。夏倍上校一动不动，跟高特夏想请同事们去瞧的，居尔丢斯陈列馆中的蜡人像一个样儿。呆着不动的姿势，倘不是对幽灵似的整个外表有陪衬作用，还不至于教人惊奇。但这老军人又瘦又干，脑门故意用光滑的假发遮着，带点儿神秘意味。眼睛里头似乎有一层透明的翳，可以说是一块肮脏的螺钿，在烛光底下发出似蓝非蓝的闪光。惨白而发青的脸又长又瘦，正是俗语所说的刀锋脸，象死人的一样。脖子里绕着一条品质恶劣的黑绸领带，在他上半身成为一条棕色的线，线以下的身体被黑影遮掉了。一个富有幻想的人大可把这个老人的头看作什么物象的影子，或是没有装框子的伦勃朗笔下的肖像。帽子的边盖在老人额上，把上半个脸罩着一个黑圈。这个天然而又古怪的效果成为一个强烈的对比，使白的皱纹，生硬的曲线，象死尸般阴沉的气息，格外显著。僵着不动的身体，没有一点儿暖意的眼神，跟忧郁痴呆的表情，以及白痴所特有的丧失灵性的征象，非常调和：他的脸也就特别显得凄惨，非言语所能形容。但一个善于观察的人，尤其是诉讼代理人，在这个衰败的老头儿身上很能看出深刻的痛苦的痕迹，看出毁伤这个面貌的灾难的标记，好比成年累月的滴水把一座美丽的大理石像破坏了。当医生的，当作家的，当法官的，一看见这副神奇的丑相，就体会到整个的惨剧。这面目至少还有一点妙处，便是很象艺术家一边跟朋友们谈天，一边在镂刻用的石板上画的想入非非的图形。

生客看到诉讼代理人，不禁浑身一震，仿佛诗人在静寂的夜里被出其不意的声音把诗意盎然的幻想打断了。老人赶紧脱下帽子，站起来行礼；不料衬在帽子里面的那圈皮，油腻很重，把假头发黏住了，揭落了，露出一个赤裸裸的脑壳：一条可怕的伤痕从后脑起斜里穿过头顶，直到右眼为止，到处都是鼓得很高的伤疤。原来可怜的人戴这副肮脏的假头发，就是为遮盖伤痕的；两个吃法律饭的眼看假头发突然揭落，没有半点儿好笑的心思，因为破裂的脑壳简直惨不忍睹，你一瞥之下，立刻会想到："啊，他的聪明都打这里溜掉了。"

蒲加心里想："他要不是夏倍上校，至少也是个了不起的军人！"

"先生，"但尔维招呼他，"请教贵姓？"

"鄙人是夏倍上校。"

"哪一位夏倍上校？"

"在埃洛阵亡的那个。"老人回答。

听了这句奇怪的话，帮办与代理人彼此瞅了一眼，意思是说："嘿，简直是个疯子！"

上校又道："先生，我想把自己的情形只告诉你一个人。"

值得注意的是，凡是诉讼代理人天生都胆子很大。或许因为平时接触的人太多了，或许因为知道自己有法律保护，或许因为对本身的职务抱着极大的信心，所以他们象教士与医生一样，无论到什么地方都不会害怕。但尔维向蒲加递了个眼色，蒲加便走开去了。

"先生，"代理人说道，"白天我倒并不怎么吝惜时间；可是夜里的每一分钟我都是宝贵的。因此请你说话要简洁，明白。只讲事实，不涉闲文。需要说明的地方，我会问你的。现在你说罢。"

年轻的代理人让古怪的当事人坐了，自己也坐在桌子前面，一边听着那阵亡上校的话，一边翻阅案卷。

上校开言道："先生，也许你是知道的，我在埃洛带领一个骑兵联队。缪拉那次有名的冲锋是决定胜利的关键；而我对于缪拉袭击的成功又颇有功劳[①]。不幸我的阵亡变了一桩史实，在《胜利与武功》[②] 上报告得非常详细。当时我们把俄罗斯的三支大军截成两段，但他们立刻合拢，我们不得不回头杀出去。击退了一批俄军，正向着皇帝统率的主力冲回去的时候，忽然遇到一大队敌人的骑兵。我向那些顽敌直扑过去，不料两个巨人般的俄国军官同时来攻击我：一个拿大刀往我头上直劈下来，把头盔什么都砍破了，直砍进我贴肉的黑绸小帽，

① 一八〇六年二月七八两日，拿破仑在普鲁士埃洛地方大破普、俄联军。缪拉将军于该役中担任后备。

② 《胜利与武功》为一部记载法国征略史的书，包括拿破仑各战役在内。全书系根据政府公报及各处报告编纂而成，自一八一七年起，至一八二九年方始出齐。共有三十四册。

劈开了脑壳。我从马上翻下来。缪拉赶来救应，带着一千五百人马象潮水般在我身上卷过，那真是非同小可！他们报告皇帝，说我阵亡了。皇帝平时待我不错，那一次猛烈的冲锋我又是有功的；他为谨慎起见，想知道是否还有希望把我救过来，派了两名军医来找我，预备用担架抬回去；他吩咐他们：'去瞧瞧可怜的夏倍是不是还活着。'也许当时口气太随便了些，因为他真忙。那些可恶的医生早先眼看我被两个联队踏过了，大概不再按我的脉搏，便说我死了。于是人家按照军中的法律程序，把我的阵亡作成了定案。"

年轻的代理人听见当事人说话非常清楚，故事虽然离奇，却很象真的，便放下案卷，把左肘撑在桌上，手托着头，目不转睛的看着上校。

他打断了对方的话，说道："先生，你可知道我的主顾里头就有夏倍上校的寡妇，法洛伯爵夫人吗？"

"你是说我的太太！是的，先生，我知道。就为这个缘故，我向多少诉讼代理人奔走了上百次，毫无结果，被他们当作疯子以后，决意来找你的。我的苦难等会儿再谈，先让我把事实讲清楚，但我的解释多半是根据推想，不一定是实际发生的。只有上帝知道的某些情况，使我只能把好几桩事当作假定。我受的伤大概促发了一种强直症，或是跟所谓止动症相仿的病。要不然，我怎么会被掩埋队按照军中的习惯，剥光了衣服丢在阵亡将士的大坑里呢？说到这里，我要插叙一桩所谓阵亡的过程中的小事，那是事后才知道的。一八一四年，我在斯图加特遇到我联队里的一个下士，关于他的情形以后再谈。那个唯一肯承认我是夏倍上校的好人和我解释，说我受伤的当口，我骑的马也中了一枪。牲口和人都象小孩子摺的纸玩艺儿一般被打倒了。它或是往左或是往右倒下去的时节，一定把我压在下面，使我不至于被别的马践踏，也不至于受到流弹。他认为这是我能保全性命的原因。可是先生，当时一醒过来，我所处的地位和四周的空气，便是和你讲到明儿早上也不能使你有个概念。我闻到的气味臭得要命，想转动一下又没有地位；睁开眼睛，又看不见一点东西。空气的稀薄是最大的威胁，也极显著的使我感觉到自己的处境。我知道在那个场合不会再有新鲜空气了，也知道我快死了。这个念头，使我本来为之痛醒的、无法形容的苦楚，对我不生作用。耳朵轰轰的响着。我听见，或者自以为听见，因为我什么都不敢说得肯定，周围的死尸都在那里哼哼唧唧。虽然关于那个时间的回忆很模糊，虽然痛苦的印象远过于我真正的感觉而扰乱了我的思想，但至今有些夜里我还似乎听到那种哽咽和叹息。比这些哀号更可怕的，是别的地方从来没经验过的静默，真正的坟墓中的静默。最后，我举起手来在死人堆中摸索了一会，发觉在我的脑袋和上一层的死尸之间留有一个空隙。我把这个不知怎么会留下的空间估量了一下。似乎掩埋队把我们横七竖八丢下坑的时候，因为粗心或是匆忙的缘故，有两个尸体在我头上凑成一个三角形，好比小孩子用两张纸牌搭的屋子，上面斜靠在一起，底下分开着。那时一分钟都不能耽搁，我赶紧在空隙中摸索，居然很运气，碰到一条手臂，象赫格利斯一般的手臂①，救了我的命。要没有这意想不到的援助，我早就完了。你不难想象，当下我发狠从

① 希腊神话载，大力士赫格利斯为邱比特之子，幼年时即膂力过人，扼杀二巨蛇。

死尸堆里往上顶，想爬出掩埋队盖在我们身上的泥土；我说我们，仿佛我身边还有什么活人似的。我毫不放松的顶上去，居然达到了目的，因为你瞧，我不是活着吗？可是怎么能越过那生死的界线，从人肉堆中翻上来，我到现在也弄不明白。当时仿佛有了三头六臂。被我当作支点一般利用的那条胳膊，使我在竭力挪开的许多死尸之间找到一些空气，维持我的呼吸。临了，先生，我终于见了天日，冰天雪地中的天日；那时我才发觉自己的头裂开了。幸而我的血，那些同伴的血，或是我的马的烂肉，也说不清究竟是什么，凝结之下，好象给我贴了一个天然的大膏药。虽则脑壳上盖着这层硬东西，我一碰到雪也不由得晕过去了。可是我身上仅有的一点儿热气把周围的雪化掉了一些；等到苏醒过来，发觉自已在一个小窟窿的中央，我便大声叫救命，直叫到声嘶力竭为止。太阳出来了，很少希望再使人听到我了。田里是不是已经有人出来呢？幸亏地底下有几个身体结实的尸首，让我的脚能借一把力，把身子往上挣扎。你知道那当然不是跟他们说：‘可怜的好汉，我向你们致敬！’① 的时候。总而言之，先生，那些该死的德国人听见叫喊而不见一个人影，吓得只有逃命的分儿，教我看了又急又气；我这么说，可还不足以形容我心中的痛苦。过了不知多久，才有一个或是胆子很大，或是很好奇的女人走近来；当时我的头好似长在地面上的一颗菌。那女的跑去叫了丈夫来，两口儿把我抬进他们简陋的木屋。大概我又发了一次止动症，请你原谅我用这个名词来形容我的昏迷状态；听两位主人说来，

---

① 相传拿破仑某日看到一队奥国俘虏的时候，不禁脱下帽子，说道：“可怜的好汉，我向你们致敬！”

想必是那种病。我死去活来，拖了半年，要就是一声不出，要就是胡言乱语，后来他们把我送进埃斯堡城里的医院。先生，你该明白，我从死人坑里爬出来，跟从娘胎里出世一样的精赤条条；因此过了六个月，忽然有一天我神志清醒了，想起自己是夏倍上校的时候，便要求看护女人对我客气一些，别把我当作穷光蛋看待；不料病房里的同伴听了哈哈大笑。幸而，主治的外科医生为了好胜心立意要把我救活，当然很关切我。那好人叫做斯巴区曼，听我有头有尾的把过去的身世讲了一遍，就按照当地的法律手续，托人把我从死人坑里爬出来的奇迹，救我性命的夫妻俩发见我的日子与钟点，统统调查明白；又把我受伤的性质，部位，详细记录下来；姓名状貌也给写得清清楚楚。可是这些重要文件，还有我为了要确定身分而在埃斯堡一个公证人面前亲口叙述的笔录，都不在我身边。后来因为战争关系，我被赶出埃斯堡，从此过着流浪生活，讨些面包度日；一提到历险的事，还被人当作疯子。所以我没有一个钱，也挣不到一个钱去领取那些证件；而没有证件，我的社会生活就没法恢复。为了伤口作痛，我往往在德国某些小城里待上一年半载，居民对我这个害病的法国人很热心照顾，但我要自称为夏倍上校就得被讪笑了。这些讪笑，这种怀疑，把我气得不但伤了身体，还在斯图加特城里被人当作疯子，关在牢里。的确，照我讲给你听的情形，你也不难看出人家有理由把我关起来了。两年之间，狱卒不知对人说了多少遍：‘这可怜的家伙还自以为夏倍上校呢！’听的人总是回答一句：‘唉，可怜！’关了两年之后，我自己也相信那些奇怪的遭遇是不可能的了，就变得性情忧郁，隐忍，安静，不再自称夏倍上校：唯有这样才有希望放出监狱回法国去。噢！先生，我对巴黎简直想念得如醉如痴……”

夏倍把这句话说了一半，就呆着出神了，但尔维耐着性子等着，不忍打扰他。

然后他又往下说：“后来有一天，正好是春天，他们把我释放了，给我十个泰勒①，认为我各方面说话都很有理性，也不自命为夏倍上校了，的确，那时我觉得自己的姓名可厌透了，便是现在，偶尔还有这感觉。我但求不成其为我。一想到自己在社会上有多少应得的权利，我就痛苦得要死。倘若我的病使我把过去的身世忘了，那就幸福了！我可以随便用一个姓名再去投军，而且谁敢说我此刻不在奥国或俄国当上了将军呢？”

“先生，”代理人说，“你把我的思想都搅乱了，听着你的话，我觉得象做梦。咱们歇一会儿好不好？”

“至此为止，肯这样耐着性子听我的只有你，”上校的神气挺悲伤，“没有一个法律界的人愿意借我十个拿破仑②让我把证件从德国寄回来，作打官司的根据……”

“什么官司？”诉讼代理人听着他过去的灾难，竟忘了他眼前的痛苦的处境。

“先生，法洛伯爵夫人不是我的妻子吗？她每年三万法郎的收入都是我的财产，可是她连两个子儿都不愿意给我。我把这些话讲给一般诉讼代理人或是明理的人听，象我这样一个叫化子说要控告一个伯爵和一个伯爵夫人，我这个公认为早已死

---

① 泰勒为一种德国货币，价值高于马克。

② 拿破仑为镌有拿破仑头像的金币，值二十法郎。

了的人说要和死亡证、结婚证、出生证对抗的时候，他们就把我撵走，撵走的方式看各人性格而定：有的是冷冷的，有礼的，象你们用来拒绝一个可怜虫的那一套；有的用着粗暴蛮横的态度，以为遇到了坏蛋或是疯子。当初我被埋在死人底下，如今我被埋在活人底下，埋在各种文书各种事实底下，埋在整个社会底下，他们都要我重新钻下地去!”

“先生，请你把故事讲下去罢。”代理人说。

“请!”可怜的老头儿抓着年轻人的手叫起来，“请这个字儿从我受伤到现在还是第一次听到……”

上校说着，哭了。他感激之下，连声音都没有了。他的眼神，动作，甚至于静默，所表现的深刻的意义，非言语所能形容，终于使但尔维完全相信，并且大为感动：

“听我说，先生，今天晚上我打牌赢了三百法郎，很可以拿出半数来促成一个人的幸福。我马上办手续，教人把你所说的文件寄来；没寄到以前，我每天借给你五法郎。你要真是夏倍上校的话，一定能原谅我只帮你这么一点儿款子，因为我是个年轻人，还得挣我的家业，好了，请你往下说罢。”

自称为的上校一动不动的呆了好一会：没有问题，他所遭遇的千灾百难把他的信心完全毁灭了。他现在还追求军人的荣誉，追求他的家产，丢不开自己，大概只因为受着一种无法解释的心情支配，那是在任何人心中都有根芽的：炼丹家的苦功，求名的人的热情，天文学家物理学家的发见，凡是一个人用事实用思想来化身为千万人而使自己伟大的，都是由于那一点心理作用，在上校心目中，所谓自我倒居于次要地位，正如在赌徒看来，得胜的虚荣和快感，比所赌的目的物更宝贵。这个人见弃于妻子，见弃于一切社会成规，前后有十年之久，一朝听到诉讼代理人的话当然认为奇迹了。多少年来被多少人用多少方式拒绝的十块金洋，居然在一个诉讼代理人手中得到了！相传有位太太害了十五年的寒热，一旦寒热停止，竟以为害了另外一种病；上校的情形就是这样。世界上有些幸福，你早已不信会实现的了；真实现的时候，简直象霹雳一般会伤害你的身心。因此那可怜虫感激的情绪太强烈了，没法用言语来表现。肤浅的人或许会觉得他冷淡，可是但尔维看他发愣，完全体会到他的忠厚老实。换了一个狡黠之徒，在那个情形之下一定会天花乱坠的说一套的。

“我讲到哪里了？”上校问话的态度天真得象小孩子或者军人，因为真正的军人往往有赤子之心，而小孩子也往往有军人气息，尤其在法国。

“你说到在斯图加特，刚从监狱里出来。”代理人回答。

“你认识我的女人吗？”上校问。

“认识的。”但尔维点点头。

“现在她怎么样？”

“还是那么娇滴滴的。”

老人做了个手势，似乎把心中的隐痛硬咽下去；在战场上经过炮火，浴过血的人，都有这种克制功夫，使你觉得他庄严肃穆。他显得快活了些，因为呼吸舒畅了，等于第二次从坟墓里爬出来，把一层比当年盖在他头上的雪更难溶化的雪溶化了；他象走出地牢似的拼命吸着空气，说道：

“先生，倘若我是个美男子，决不至于受那些苦难。女人相信的是三句不离爱情的男人。一朝喜欢了你，她们就百依百顺，替你出力，替你玩手段，帮你肯定事实，为你翻江倒海，无所不为。可是我，我怎么能打动女人的心？我的脸象个鬼，身上穿得象破靴党，不象法国人而象一个埃斯基摩人，但是一七九九年上我明明是个最漂亮的哥儿，我夏倍明明是个帝政时代的伯爵！……且说我被人家当做狗一般赶到街上的那一天，碰到刚才跟你提过的下士。那弟兄名叫蒲打。可怜他当时的模样和我半斤八两；我散步的时候瞧见了他，认得是他，可是他休想猜到我是谁。我们一块儿上酒店，到了那里，我一报姓名，蒲打就咧着嘴大笑，象一尊开了裂的臼炮。先生，他这一笑使我伤心到极点，它老实不客气让我感觉到自己面目全非，便是最感激最敬重我的朋友也认不得我了。我救过蒲打的性命，其实那是我还他的情分。他当初怎样帮我忙，也不用细表了。只要告诉你事情发生在意大利的拉凡纳。在一个不怎么上等的屋子里，我差点儿被人扎死，亏得蒲打救了我。那时我不是上校，只是个普通的骑兵，和蒲打一样。幸而那件事有些细节只有我们两人知道，经我一提，他对我的疑心就减少了。我又把奇奇怪怪的经历讲给他听。他说，我的眼睛我的声音都变了；头发，牙齿，眉毛，都没有了；惨白的脸色象害着白皮症。虽是这样，他提出许多问话，听我回答得一点不错之后，终于承认这个叫化子原来真是他的上校。他把他的遭遇跟我说了，其离奇也不下于我的；他逃出西伯利亚想到中国去，遇到我的时候便是从中国边境回来。他告诉我俄罗斯战役的惨败，和拿破仑的第一次退位。这个消息给了我极大的打击。我们俩都是劫后余生的怪物，在地球上滚来滚去，象小石子般被大风浪在海洋中卷到东，卷到西，卷过了一阵。把两个人到过的地方合起来，有埃及，有叙利亚，有西班牙，有俄罗斯，有荷兰，有德意志，有意大利，有达尔美西亚，有英国，有中国，有鞑靼，有西伯利亚；只差印度和美洲没去！蒲打比我脚腿轻健，决意日夜兼程的赶往巴黎，把我的情形通知我太太。我给她写了一封极详细的信，那已经是第四封了，先生！倘若我有亲属的话，也许不会到这个田地；可是老实告诉你，我的出身是育婴堂，我的履历是军人；没有遗产，只有勇气；没有家族，只有社会，没有故乡，只有祖国，没有保护人，只有上帝。噢，我说错了！我还有一个父亲，就是皇帝！啊，倘若那亲爱的人还在台上，看到他的夏倍——他老是那么称呼我的——象现在这副模样，他要不大发雷霆才怪。有什么办法！我们的太阳下山了，此刻我们都觉得冷了。归根结蒂，我妻子的杳无信息多半可以用政局的变动来解释。

“蒲打动身了。他才运气哇！他有两只训练好的白熊一路替他挣钱。我不能和他作伴；身上带着病，走不了长路，只能在我体力范围之内把蒲打和他的熊送了一程；分手的时候，先生，我哭了，在卡尔斯鲁埃，我头里闹神经痛，在小客店里潦倒不堪的躺了六星期，睡在干草堆里。唉，先生，我过的叫化子生活所遭遇的苦难，说也说不完。有了精神上的痛苦，肉体的痛苦变得不足道了；但因为精神的痛苦是肉眼看不见的，倒反不容易得到人家同情。我记得在斯特拉斯堡一家大旅馆前面哭了一场：从前我在那边大开筵席，请过客，如今连一块面包都要不到。我的路由是跟蒲打商量好的，所以到一个地方就上邮局去问，可有寄给我的信和钱。直到巴黎，什么都没收到。那期间我饮泣吞声，多少的悲痛只能往肚里咽！我心里想：

‘大概蒲打死了罢?’果然，可怜的家伙在滑铁卢送了命。他的死讯是我以后无意之中听到的。他和我太太办的交涉一定是毫无结果。最后我到了巴黎，和哥萨克兵同时进城[①]。那对我真是痛上加痛。看见俄国兵到了法国，我就忘了自己脚上没有鞋，袋里没有一个钱。真的，我身上的衣服全变成破布条了。进巴黎的上一天，我在格莱森林中露宿了一夜。晚上的凉气使我害了一种不知什么病，第二天进圣·马丁城关的时候发作起来，差不多晕倒在一家铁匠铺门口。醒来发觉自己躺在天主医院里的病床上。在那儿待了一个月，日子还算过得快活。不久我被打发出来，一文不名，但身体很好，脚也踏到了巴黎的街道。我多么高兴的，急不及待的赶到白峰街，那是我太太住的地方，屋子还是我的产业呢！谁知白峰街变成旭塞·唐打街。我的屋子不见了，原来给卖掉了，拆掉了。地产商在我从前的花园里盖了好几幢屋子。因为不知道妻子嫁了法洛，我什么消息都打听不出。后来去找一个从前代我经手事情的老律师。不料老律师死了，没死以前就把事务所盘给一个年轻人。这位后任把我的遗产如何清算，继承手续如何办理，我的妻子如何再嫁，又生了两个孩子等等全部告诉了我，使我大吃一惊。他一听见我自称为夏倍上校就哈哈大笑，而且笑得那么不客气，我一句话不说就走了。斯图加特监狱的经验使我想起了夏朗东[②]，决意小心行事。我既然知道了太太的住处，便存着希望到她的公馆去了。”上校说到这里做了一个手势，表示他压着

① 一八一五年六月滑铁卢战役以后，惠灵吞部下之英军，与亚历山大部下之哥萨克军，同时进占巴黎。

② 夏朗东为巴黎近郊的城市，有著名的疯人院，一般人均以夏朗东三字代表疯人院。

一肚子的怨气。“唉，哪知道我用一个假姓名通报的时候，里头回说不在；下回我用了真姓名的时候根本被拦在大门口。为了要看到伯爵夫人半夜里跳舞回来或是看戏回来，我整夜站在大门外界石旁边。车子象闪电一般的过去，我拼命把眼睛盯着车厢朝里望：那个明明是我的而又不再属于我的女人，我只能在眼梢里瞥见一点儿影子。”老人说着，冷不防在但尔维面前站了起来，嗄着嗓子叫道：“从那天起，我一心一意只想报复了。她明知道我活着，我回来以后，她还收到我两封亲笔信。原来她不爱我了！我说不上来对她是爱还是恨！一忽儿想她，一忽儿咒她。她的财产，她的幸福，哪一样不是靠了我？可是她连一点儿小小的帮助都不给我！有时我气得简直不知道怎办!”

讲完这几句，老军人又往椅子里坐下，呆着不动；但尔维默默无声，只管打量着当事人。终于他象出神一般的说道：

“事情很严重。即使存在埃斯堡的文件真实可靠，也不能担保我们一开场就胜利。这桩官司前后必须经过三审，对这样一件没有前例的案子，非用极冷静的头脑考虑不可。”

“噢!”上校很高傲的抬起头来，冷冷的回答：“万一失败了，我是知道怎么死的，可是要人陪我的。”

那时他全无老态，变了一个刚毅果敢的人，眼中燃着悲愤与报复的火焰。

代理人说：“或许咱们应当想法和解。”

“和解!”夏倍上校嚷道，“请问我到底是死的还是活的?”

代理人说；“先生，希望你听从我的劝告。我一定把你的案子当作我自己的事。不久你就可以发觉我怎样关切你的处境

——那在司法界中几乎从无先例的。目前我先给你一个字条，你拿去见我的公证人，凭你的收据每十天向他支五十法郎。到这儿来拿钱对你不大得体。如果你真是夏倍上校，就根本用不着依靠谁。我给你的垫款是一种借贷的方式。你有产业可以收回，你是有钱的人。"

这最后一番体贴使老人眼泪都冒上来了。但尔维突然站起身子，因为当诉讼代理人的照例不应当流露感情；他进入办公室，回出来拿着一个开口的封套交给夏倍伯爵。可怜的人用手指一捻，觉得里头有两块金洋。

代理人说："请你把文件的名称，存放的城与邦[①]的名称，统统告诉我。"

上校逐一说明了，又把代理人写的地名校对一遍；然后一手拿起帽子，望着但尔维，伸出另外一只生满肉茧的手，声音很自然的说道：

"真的，先生，除了皇帝，你是我最大的恩人了！你真是一条好汉[②]。"

代理人按了按上校的手，掌着灯把他直送到楼梯口。

"蒲加，"但尔维对他的首席帮办说，"我才听到的一桩故事，也许要我破费五百法郎。但即使上了当，赔了钱，我也不后悔，至少是看到了当代最了不得的戏子。"

上校走到街上一盏路灯底下，掏出代理人给的两枚二十法郎的钱瞧了一会。九年以来，这是他第一回看到金洋。

"这一下我可以抽雪茄了！"他心里想。

---

① 该时德国尚未统一，日耳曼各地均系诸侯分治，放称"邦"。

② "好汉"二字是拿破仑夸奖部下的口头语。

# 二　谈判

从夏倍上校半夜里找但尔维谈话以后，大约过了三个月，负责代但尔维给怪主顾透支生活费的公证人，为了一件重要的事去和代理人商议，一开始就向他索取付给老军人的六百法郎垫款。

“你有心养着帝国军队玩玩吗?”公证人取笑但尔维。这公证人叫做格劳太，年纪很轻，原来在一个公证人事务所里当首席帮办，后来东家破产，逃掉了，格劳太便盘下了事务所。

但尔维回答：“谢谢你提醒我这件事。我的慈善事业不预备超过六百法郎，说不定我为了爱国已经受骗了。”

他言犹未了，看到自己的书桌上放着首席帮办拿来的几包文件。有封信贴着许多狭长的、方形的、三角形的、红的、蓝的、奥国邮票，普鲁士邮票，巴伐利亚邮票，法国邮票，他不由得眼睛一亮。

“啊!”他笑着说，“戏文的结果来了，咱们来瞧瞧我是不是上了当。”

他拿起信来拆了，不料写的是德文，一个字都念不上来，便打开办公室的门把信递给首席帮办：

“蒲加，你亲自跑一趟，教人把这信翻译一下；速去速来。”

柏林的公证人复称，全部文件几天之内就可送到。据说那些公事都合格，做过必要的法定手续，足以取信于法院。当初为笔录所举的事实作证的人，几乎都还在普鲁齐赫－埃洛邦内；救夏倍伯爵的女人至今还活着，住在埃斯堡近郊的一个镇上。

蒲加把信念完了，但尔维嚷道；“啊，事情当真起来了。——可是，朋友，”他回头向着公证人，“我还需要一些材料，大概就在你事务所里。当初不是那骗子罗更……”

“噢，咱们不说骗子，只说不幸的，可怜的罗更。”亚历山大·格劳太笑着打断了但尔维的话。

“随你说吧。夏倍的遗产案子，不是那可怜的罗更，最近带走了当事人的八十万法郎，使好几分人家急得没办法的罗更，经手的吗？我们的法洛案卷中好象提到这一点。”

“是的，”格劳太回答，“那时我还当着第三帮办；清算遗产的案卷是我誊写的，也仔细研究过。罗士·夏波丹女士是伊阿桑德的寡妇，伊阿桑德一名夏倍，帝政时代封的伯爵，荣誉团勋二位。他们结婚的时候没有订婚约，所以双方的财产是共有制。我记得资产总额一共有六十万法郎。结婚以前，夏倍上校立过一份遗嘱，把四分之一的遗产捐给巴黎的慈善机关，另捐四分之一给公家。他死后办过共有财产拍卖，一般性拍卖，遗产分析等等手续，因为各方面的诉讼代理人都很活跃，在清算期间，统治法国的那个魔王下了一道上谕，把国库应得的一分遗产退还给上校的寡妇。”

“那末夏倍伯爵私人名下的财产只剩三十万了。”

“对啦，朋友!”格劳太回答，“你们这批诉讼代理人有时理路倒还清楚，虽然人家责备你们不论是辩护还是攻击，常常颠倒事实。”

夏倍伯爵在交给公证人的第一张收据上写的地址是：圣·玛梭区小银行街；房东是一个在帝国禁卫军中当过上士的老头儿，叫做凡尼奥，现在作着鲜货买卖。到了街口上，但尔维不得不下车步行；因为马夫不肯把轻便两轮车赶进一条不铺石子的街，地下的车辙也的确太深了。诉讼代理人向四下里望了一会，终于在紧靠大街的小巷子的某一段，在两堵用兽骨和泥土砌的围墙中间，瞧见两根粗糙的石柱，被来往的车辆撞得剥落了，虽然前面放着两块代替界石的木头也保护不了。石柱顶上有个盖着瓦片的门楣，底下有根横梁，梁上用红字写着凡尼奥鲜货行。字的右首用白漆画着几个鸡子，左首画一条母牛。大门打开着，看样子是整天不关的。进门便是一个相当宽敞的院子，院子的尽里头，朝着大门有所屋子，倘若巴黎各城关的一些破房还能称做屋子的话；它们跟无论什么建筑物都不能比，甚至还比不上乡下最单薄的住屋，因为它们只有乡下破房的贫窭而没有它的诗意。田野里有的是新鲜的空气，碧绿的草原，阡陌纵横的景致，起伏的岗峦，一望无际的葡萄藤，曲折的小路，杂树围成的篱垣，茅屋顶上的青苔，农家的用具：所以便是草房木屋也另有一番风味，不象巴黎的贫民窟因为丑恶而只显出无边的苦难。

这所屋子虽是新盖的，已经有随时可以倒坍的样子。材料没有一样是真正合用的，全是旧货，因为巴黎每天都在拆房子。但尔维看见一扇用木板钉成的护窗上还有时装商店几个字。所有的窗子式样都不一律，装的方式也怪得很。似乎可以居住的底层，一边高一边低，低的一边，房间都在地面之下。大门与屋子中间有一个坑，堆满垃圾，其中有雨水，也有屋子里泼出来的脏水。单薄的屋子所依靠的墙要算是最坚固的一堵了，墙根搭着几个稀格的棚子，让一些兔子在里面尽量繁殖。大门右边是个牛棚，顶上是堆干草的阁楼，紧接着一间和正屋通连的牛奶房。左边有一个养鸡鸭的小院子，一个马棚，一个猪栏，猪栏的顶和正屋一样用破板钉成，上面的灯芯草也盖得很马虎。

但尔维插足的院子，和每天供应巴黎食物的场所一样，因为大家要赶早市，到处留下匆忙的痕迹。这儿鼓起来，那儿瘪下去的白铁壶，装乳酪用的瓦罐，塞瓶口用的布条，都乱七八糟丢在牛奶房前面。抹这些用具的破布挂在两头用木柱撑着的绳上，在太阳底下飘飘荡荡。一匹只有在牛奶房里才看得见的那种驯良的马，拖着车走了几步，站在大门紧闭的马棚外面。开裂而发黄的墙上，爬着盖满尘土的瘦小的葡萄藤，一只山羊正在啃藤上的嫩叶。一只猫蹲在乳酪罐上舔乳酪。好些母鸡看到但尔维走近，吓得一边叫一边飞，看家的狗也跟着叫起来。

但尔维对这幕丑恶的景象一瞥之下，心上想："噢！决定埃洛一仗胜败的人原来住在这里！"

看屋子的只有三个男孩子。一个爬在一辆满载青草的车上，向邻屋的烟囱摔石子，希望石子从烟囱里掉进人家的锅子。另外一个想把一只猪赶到车身碰着地面的木板上，第三个拿手攀着车身的另一头，预备猪上了木板，教它一上一下的颠簸。但尔维问他们夏倍先生是不是住在这儿，他们都一声不出，只管望着他，神气又痴骏又机灵——假如这两个字可以放在一起的话。但尔维又问了一遍，得不到回音。他看着三个顽童的狡猾样子心中有气，便拿出年轻人对付儿童的办法，半真半假的骂了一声，不料他们倒反很粗野的大笑起来。这一下但尔维可恼了。上校听到声音，从牛奶房旁边一间又矮又小的屋内走出来，站在房门口声色不动，完全是一副军人气派，嘴里咬着一支烟膏极重（抽烟的人的术语），质地粗劣，俗称为烫嘴的白泥烟斗。他把满是油腻的鸭舌帽的遮阳掀了掀，看见了但尔维，因为急于要赶到恩人前面，马上从垃圾堆中跨过来，同时声音很和善的向孩子们喊着。

“弟兄们，别闹！”

三个孩子立刻肃然静下来，足见老军人平日的威严。

他招呼但尔维：“啊，干么不写信给我呢？”接着他看见客人迟疑不决，怕垃圾弄脏靴子，便又说：“你沿着牛棚走罢，那儿地下是铺着石板的。”

但尔维东窜一下，西跳一下，终于到了上校的屋门口。夏倍因为不得不在卧房里接待客人，脸上很难堪。的确，但尔维在屋内只看到一张椅子。床上只有几束干草，由女主人铺着两三条不知从哪儿弄来的破烂地毯，平常是送牛奶女人垫在大车的木凳上的。脚下是泥地。发霉的墙壁长着绿毛，到处开裂，散布的潮气那么重，只能用草席把紧靠卧床的那片墙遮起来。一只钉上挂着那件可笑的卡列克。墙角里东倒西歪的躺着两双破靴子。至于内衣被服，连一点儿影踪都没有。虫蛀的桌上有一本北朗希翻印的《帝国军报》打开在那里，好象是上校的经常读物。他在这清苦的环境中神态安闲，非常镇静，从那次访问但尔维以后，他面貌似乎改变了；代理人看出他脸上有些心情愉快的影子和由希望反映出来的一道淡淡的光。

他把草垫只剩一半的椅子端给代理人，问道："我抽烟会使你觉得不舒服吗？"

"嗳，上校，你住的地方太糟了！"

但尔维说这句话是因为第一，代理人都天生的多疑；第二，他涉世不久便看到一些幕后的惨剧，得了许多可叹的经验，所以心上想：

"哼，这家伙拿了我的钱一定去满足他当兵的三大嗜好了：赌钱，喝酒，玩女人！"

"是的，先生，我们这儿谈不到享受，只等于一个营帐，全靠友情给它一些温暖，可是……"说到这儿，老军人用深沉的目光瞅着法学家，"可是我从来没害过人，没做过使人难堪的事，不会睡不着觉的。"

代理人觉得盘问他怎么使用那笔预支的钱未免太不客气，结果只说：

"为什么不搬到城里去呢？你不用花更多的钱，可是住得舒服多了。"

上校回答："这里的房东给我白吃白住了一年，难道我现在有了些钱就离开吗？何况这三个孩子的父亲还是个老埃及人……"

"怎么！是个埃及人？"

“参加过出征埃及的兵，我们都叫做埃及人。我也是其中之一。不但从那里回来的彼此跟弟兄差不多，并且凡尼奥还是我部队里的，在沙漠中和我一块儿喝过水。再说，我教他的几个娃娃认字还没教完呢？”

“既然你付了钱，他应该让你住得好一些。”

“嘿！他的几个孩子还不是和我一样睡在草堆里！他夫妻俩的床也不见得更舒服；他们穷得很，又不自量力，盘了一个铺子。倘若我能收回财产……得啦，别提了！”

“上校，我明后天就能收到你埃斯堡的文件。你的恩人还活着呢！”

“该死的钱！难道我没有钱吗？”他嚷着把土烟斗摔在了地下。

一支烟膏厚重的烟斗对一个抽烟的人是很宝贵的；但他的摔破烟斗是激于义愤，自然而然流露出来的举动，大概烟草专卖局也会加以原谅①，而烟斗的碎片也许会由天使给捡起来罢。

但尔维跨出房间，想沿着屋子在太阳底下走走。

他说：“上校，你的案子真是复杂极了。”

上校回答：“我觉得简单得很。人家以为我死了，我可是活着！应当还我妻子，还我财产，政府也得给我将官的军阶，因为埃洛战役以前，我已经是帝国禁卫军的上校了。”

“在司法界里，事情就不这么简单啦。我可以承认你是夏倍伯爵；但对于那些为了本身利益而只想把你否认的人，是要

① 法国是烟草专卖的国家，故抽烟的人的烟斗也为专卖局所重视，少一烟斗即少一抽烟的人，专卖局即少一份收久。

用法律手续来证明的。你的文件必然会引起争辩，而这个争辩又得引起十几个先决问题，发生许多矛盾，直要告到大理院，中间不知要打多少官司，拖多少时间；那是我无论如何努力也阻止不了的。你的敌人会请求当局作一个详细的调查，我们不能拒绝，或许还需要委托普鲁士邦组织委员会就地查勘。即使一切顺利，司法当局很快的承认你是夏倍上校了，但法洛伯爵夫人那件无心的重婚案，知道他们怎么判决呢？在这种情形之下，你和法洛伯爵究竟谁对伯爵夫人更有权利，不在法典规定的范围之内，只能由法官凭良心裁判，正如社会上有些特殊的刑事案件只能由陪审官用自己良心裁判一样。你和你太太并没生男育女，法洛先生和他太太却生有两个儿子；法官的裁定，可能把婚姻关系比较浅的一方面牺牲，只要另一方面的结合是出于善意。以你这个年龄，这个处境，坚决要求把一个已经不爱你的女人判还给你，你精神上会舒服吗？你的太太和她现在的丈夫势必和你对抗，而这两位又是极有势力，可能左右法院的。所以官司非拖不可。那期间你却是悲愤交加，很快的衰老了。”

“那末我的财产呢?”

“你以为你真有天大的家私吗?”

“我当初不是有三万法郎收入吗?”

“上校，你在一七九九年上还没结婚的时候，立了一份遗嘱，注明把四分之一的遗产捐给救济机关。”

“不错。”

“那末既然人家认为你死了，不是要把你的财产登记，清算，才能把那四分之一拨给救济机关吗？你的太太只顾着自身的利益，不惜损害穷人的利益。清点遗产的时候，她的现款和首饰一定是隐匿不报的，便是银器也只拿出小小的一部分；家具的估价只等于实际价值的三分之一，或是为她自己留地步，或是为了少付一笔税，同时也因为那是由估价员负责的，所以她尽可以胆大妄为，登记的结果，你的财产只值六十万法郎。你的寡妇照理应当得到一半。拍卖的遗产都由她出钱买回来，沾了不少便宜，救济机关把应得的七万五拿去了[①]。你遗嘱上既没提到妻子，没有受主的那份遗产应当归入公家，但皇帝下了一道上谕，把那一份给了你的寡妇。由此看来，你现在名正言顺可以争回来的财产还有多少呢？仅仅是三十万法郎，还得除掉一切费用。”

上校大吃一惊，问道：“你们把这个叫做大公无私的法律吗？”

“当然罗……”

“那真是太妙了！”

“上校，法律就是这么回事。现在你该明白了吧，你认为容易的事并不容易。可能法洛太太还想把皇帝给她的那一份抓着不放呢。”

“事实上她又不是寡妇，那道上谕应当作废。”

“对。可是世界上没有一件事不可以争辩。告诉你，在这种情形之下，我觉得对你，对她，和解是最好的办法。你和解以后所能到手的财产，可以比你在法律上有权收回的更可观。”

“那不等于把我的妻子卖掉吗？”

---

① 六十万遗产，妻子分去半数，只剩三十万，三十万的四分之一为七万五。

“一年有了两万四的收入，再加你的地位，尽可找一个比你原来的太太更合适，使你更幸福的女人。我预备今天就去拜访法洛伯爵夫人，探探风色，但我没通知你以前，不愿意就去。”

“咱们一块儿去罢……”

“凭你这种装束去吗？”代理人说，“不行，不行，上校。那你的官司是输定了……”

“我这官司有没有希望打赢呢？”

“从无论哪一点上看都没问题。可是亲爱的上校，你忘了一件事。我不是富翁，我为了受盘事务所借的债还没还清。倘若法院答应预支你一笔钱，就是说让你在应得的财产里头先拿一部分，也得等到你夏倍伯爵，荣誉团勋二位的身分确定以后。”

“啊！我还是荣誉团勋二位呢，我竟忘了。”他很天真的说。

但尔维接着又道：“而你的身分没确定以前，不是先得教人辩护吗？律师，要钱；送状子，抄判决书，要钱；执达吏，要钱；你自己还得有笔生活费。几次预审的费用，约估一下就得一万二到一万五以上。我没有这笔款子；借钱给我盘这个事务所的债主要的利息很高，把我压得喘不过气来。而你，你又从哪儿去张罗？”

可怜的军人黯淡无光的眼中滚出两颗很大的泪珠，淌在全是皱痕的面颊上。看到这些困难，他灰心了。社会与司法界象一个恶梦似的压着他的胸部。

他嚷道：“好吧，我去站在王杜姆广场的华表下面，大声的叫：我是夏倍上校，我是在埃洛冲破俄罗斯大军的方阵的人！——那铜像一定认得我的①。”

“这样，人家就把你送夏朗东。”

一听到这可怕的名字，老军人可泄气了。

“难道陆军部也不会有人替我作主吗？”

“那些衙门！”但尔维说，“要去先把宣告你的死亡无效的公事端整好了再去。他们正恨不得把所有帝政时代的人物一齐消灭呢。”

上校呆若木鸡，一动不动的愣了好一会，眼睛视而不见的朝前望着。军事法庭办起事来是干脆，迅速，粗暴的，判的案子几乎永远是公道的；夏倍所知道的法律只有这一种。如今看到所要遭遇的难关象迷魂阵一样，要花多少钱才能进去游历一周，可怜的军人的意志不禁受到严重的打击，而意志原是男人特有的一种力量。他觉得受不了打官司的生活，还不如熬着穷苦，做个叫化子，或者有什么部队肯收留，再去投军当个骑兵，倒反简单多了。肉体与精神的痛苦，因为损害了几个最重要的器官，已经使他健康大受影响。他害的病在医药上没有名字，病灶象我们身上受害最烈的神经系统一般，没有一定的地方，只能称之为痛苦的忧郁症。这种无形而实在的病不论怎样严重，只要生活愉快，还是能痊愈的。但要完全摧毁他结实的身体，只消一个新的阻碍或是什么意外的事，把已经衰弱的生机斩断，使他处处犹豫，作事有头无尾，没人了解——那都是生理学家在受伤过度的人身上常常看到的症状。

---

① 巴黎王杜姆广场上的华表，用以记载大革命及帝政时代的武功，顶上置有拿破仑铜像。

但尔维发觉当事人有了失魂落魄的现象，便说：

“别灰心，结果只会对你有利的。但你得想一想是否能完全信托我，对我认为最好的办法能不能闭着眼睛接受？”

“你爱怎办就怎办罢。”夏倍说。

“不错，但你听我摆布的程度，是不是能够把生死置之度外？”

“难道我从此只能无名无姓，没有身分的混下去吗？这怎么受得了？”

“我的意思不是这样，”代理人说，“我们可以用友好的方式得到法院的判决，把你的死亡登记和婚约撤销，把你的公民权恢复。靠了法洛伯爵的力量，你一定还能得到将官的军阶和一笔恩俸。”

“好，你放手做去罢！我完全信托你。”

“那末我等会把委托书寄给你签字。再见了，别灰心！要用钱，尽管问我。”

夏倍很热烈的握了握但尔维的手，背靠着墙，除了目送一程以外没有气力再送客。正如一般不大了解司法界内情的人，他看到这场意想不到的斗争吓坏了。他们俩谈话期间，街上有个人掩在天门口一根柱子旁边，伸头探颈的等着。但尔维一出门，他就走过来。那是个老头儿，穿着蓝色上衣，跟卖啤酒的商人一样束一条叠裥的白围裙，头上戴一顶獭皮小帽。凹陷的脸是棕色的，皱纹密布，但因为工作辛苦，老在外边跑，颧骨倒晒得通红。

他伸出手臂拦住了但尔维，说道：“先生，我很冒昧的跟你说话，请你原谅。我一看到你，就疑心是我们将军的朋友。”

但尔维回答："你关切他什么事呢？"又不大放心的追问一句："你是谁呀？"

"我叫做路易·凡尼奥，有几句话要跟你说。"

"原来是你把夏倍伯爵安顿在这种地方的。"

"对不起，先生，请你原谅，他住的已经是最好的屋子了。倘若我自己有个房间，一定让给他；我可以睡在马房里。喝，他遭了多少难，还教我几个小的认字；他是一个将军，一个埃及人，我在部队里遇到的第一个排长就是他！……真的，一家之中他住得最好了。我有什么，他也有什么。可怜我拿不出多少东西，只有面包，牛奶，鸡子；穷人只能过穷日子！至少是一片好心。可是他教我们下不了台啊。"

"他？"

"是的，先生，一点不假，他伤透了我们的心……我不自量力盘了一个铺子，他看得清清楚楚。他替我们刷马，那教人怎么受得了！我说：'哎哟！我的将军，你怎么的？'他说：'嗳，我不愿意闲着，刷兔子什么的，我早学会了。'为了盘牛奶棚，我签了一些约期票给葛拉杜……你认得葛拉杜吗，先生？"

"朋友，我没时间听你呀。快点告诉我，上校怎么样使你下不了台？"

"先生，他使我下不了台是千真万确的事，正如我叫做凡尼奥一样的千真万确，我的女人还为此哭了呢。他从邻居那儿知道我们的债票到期了，一个子儿都没着落。老军人一句话不说，候着债主上门，拿你给他的钱一古脑儿把约期票付清了。你看他多厉害！我跟我老婆眼看可怜的老人连烟草都没有了，他硬压着自己，省掉了。本来吗，他每天早上已经有了雪茄！真的，我宁可把自己卖掉的……我们受不了！他说你是个好人，所以我想拿铺子作抵押，向你借三百法郎，让我们替他缝些衣服，买些家具，他以为替我们还了债！唉，谁知他倒反教我们欠了新债……还教我们心里受不了！他不应该丢我们的脸，伤我们的心；那还成为朋友吗？你放心，我路易·凡尼奥宁可再去当兵，决不赖你的钱……”

但尔维看了看鲜货商，往后退了几步，把屋子，院子，垃圾，马房，兔子，孩子，重新瞧了一眼，心里想：“据我看，一个人要有德行，主要是占有产业的欲望不能太强。”

“好罢，你要三百法郎，给你就是了，再多一些也行。但这不是我给的。上校有的是钱，很有力量帮助你，我不愿意抢掉他这点儿乐趣。”

“他是不是不久就有钱了？”

“当然。”

“啊，天哪，我女人知道了才高兴呢！”

鲜货商说着，棕色的脸似乎舒坦了些。

但尔维一边踏上两轮车，一边想：“现在让我到敌人那儿去走一遭。别泄露我们手里的牌，要想法看到她的，先下手为强。第一得吓她一吓。她是个女人，女人最怕的是什么呢？对啦，女人只怕……”

他把伯爵夫人的处境推敲之下，象大政治家设计划策，猜度敌国的内情一样出神了。诉讼代理人不就是处理私事的政治家吗？现在我们必须对法洛伯爵夫妇的情形有所了解，才能领会但尔维的天才。

法洛伯爵是从前巴黎高等法院一个法官的儿子，恐怖时期流亡在国外，逃了命，却丢了财产。他在执政时期回国，守着父亲在大革命以前来往的小圈子，始终拥护路易十八的利益。所以在圣·日耳曼区的贵族中，法洛属于很清高的不受拿破仑引诱的一派。他那时还没有头衔，但才能出众的名气已经使他成为拿破仑勾引的对象。拿破仑笼络贵族阶级的成功往往不下于战场上的成功。人家告诉法洛，说他的头衔可以恢复，没有标卖的财产可以发还，将来还有入阁和进参议院的希望。可是皇帝的努力终于白费。在夏倍伯爵阵亡的时期，法洛先生是一个二十六岁的青年，没有财产，身段很好，在圣·日耳曼区很走红，被认为后起之秀。另一方面，夏倍伯爵夫人在清算亡夫遗产的过程中得了不少利益，孀居十八个月以后，每年的进款有四万法郎之多。她和青年伯爵的结合，也在圣·日耳曼区的各党派意料之中。拿破仑素来希望自己的部下与贵族阶级通婚，对夏倍太太的再醮自然很满意，便把上校遗产中应当归公的一份退还给她。但拿破仑借此拉拢的心思仍旧落了一个空。法洛太太不但热爱她年轻的情人，而且想到能踏进那个虽然受了委屈，但始终控制着帝国宫廷的高傲的社会，也很得意。这门亲事既满足了她的热情，也满足了她各方面的虚荣心。她快要一变而为大家闺秀了。等到圣·日耳曼区的人知道青年伯爵的婚姻并非对贵族阶级的叛变，所有的沙龙立刻对他的太太表示欢迎。然后是王政复辟的时期。法洛伯爵的政治前程，发展并不太快。他很明白路易十八的政治环境受着许多限制，也深知内幕情形，等着大革命造成的缺口慢慢的合拢。路易十八说的这句话虽然被自由分子嘲笑，的确有它的政治意义。这个故事开场的时候帮办所引用的那一段诏书，把法洛伯爵的两个森林，一块田产，都发还了。那些产业在公家代管期间价值大为提高，如今他虽则身为参议官兼某一个部的署长，自认为还不过是政治生涯的开端。

因为雄心勃勃而忙得不得了，他雇着一个秘书，把一切私人事务都交给他办。那秘书叫做台倍克，是个破产的诉讼代理人，精明透顶；凡是司法界的门道，无一不知，无一不晓。狡猾的讼师很明白自己在伯爵家的地位，为了前途不敢不老实。他照顾东家的财产简直无微不至，希望日后靠他的势力谋个缺分。他的行事和过去截然不同，以致大家认为他从前的坏名声是受人阴损。伯爵夫人天生聪明机警，那是所有的妇女都有的长处，只是程度不同而已；她猜透了总管的心，暗中把他监视着，又调度得很巧妙，使他甘心情愿的卖力，增加她那分私产。她教台倍克相信法洛先生是抓在她手里的，只要他一心一意的忠于她的利益，将来准可以到第一等的大城市里去当个初级法院的庭长。一朝有了一个终身职的差事，他就能结一门好亲事，以后当选了议员，更可以觊觎政治上的高位；这样的诺言当然使台倍克成为伯爵夫人的死党了。王政复辟的最初三年，一般手段高明的人利用房产的涨价与交易所的波动赚了不少钱：这种机会，伯爵夫人靠了台倍克的力量，一个都没错过，轻而易举把财产增加了三倍，尤其因为在伯爵夫人眼里，只要能赶快发财，什么手段都是好的。她拿伯爵在各衙门领的薪水派作家用，把产业的收入存在一边生利；台倍克只帮她在这方面出主意，决不推敲她的动机。象他那一类的人，直要一件事攸关自己的利益，才肯费心去推究内幕。先是他对于大多数巴黎女子都有的黄金饥渴病觉得很容易找出理由，其次，伯爵的野心需要极大的家私作后盾，因此总管有时候以为伯爵夫人的贪得无厌，是表示她对一个始终热爱的男人的忠诚。其实她把真正的用意深藏在心坎里。那是她生死攸关的秘密，也是这个故事的关键。一八一八年初，王政复辟的基础表面上很稳固了，它的大政方针，据一般优秀人士所了解的，应当替法国开创一个繁荣的新时代；于是巴黎社会的面目跟着改变了。法洛伯爵夫人的婚姻无意中使爱情、金钱、野心三者都得到了满足。年纪还轻，风韵犹存，她变了一位时髦太太，经常出入宫廷。本身有钱，丈夫有钱，她既是贵族阶级的一分子，自然分享到贵族的光华。而且丈夫是王上的亲信，被誉为保王党中最有干才的人物之一，早晚有当部长的希望。在这个万事如意的局面中，她精神上却长着一个癌。男人的某些心思不管掩藏得如何周密，总是瞒不过女人的。路易十八第一次回来的时候①，法洛伯爵就有些后悔自己的婚姻。先是夏倍上校的寡妇没有替他拉上豪门贵戚的关系，使他在到处都是暗礁与敌人的生涯中孤立无助。其次，在他能够用冷静的头脑观察妻子的时间，或许还发见她有些教育方面的缺陷，不宜于做他事业上的帮手。他批评泰勒朗的婚姻的一句话，使伯爵夫人看透了他的心，就是说如果他现在要结婚的话，对象决不会是法洛太太。丈夫心里有这种遗憾，世界上哪个妻子肯加以原谅呢？侮辱，叛变，遗弃，不是都有了根苗吗？假定她怕看到前夫回来，那末后夫的那句话岂非更犯了她的心病？她早知道夏倍活着而置

① 一八一四年拿破仑逊位时，路易十八即回国；一度又于拿破仑百日时期内逃亡。

之不理，后来没再听见他的名字，以为他和蒲打两人跟着帝国的鹰旗在滑铁卢同归于尽了。虽然如此，她还是决意用最有力量的锁链，黄金的锁链，把伯爵拴在手里，希望凭着巨大的资财，使她第二次的婚约无法解除，万一夏倍上校再出现的话。而他居然出现了。她倒是弄不明白，她所担心的那场斗争怎么还没爆发。或许是痛苦，疾病，替她把这个人解决了。或许他发了疯，由夏朗东收管去了。她不愿意把心事告诉台倍克或警察局，免得授人把柄或者触发那件祸事。巴黎不少妇女都象法洛太太一样，不是天天跟恶魔作伴，便是走在深渊边上；她们尽量把创口磨成一个肉茧，所以还能嘻笑玩乐。

两轮车到了华兰纳街法洛公馆门口，但尔维从沉思默想中醒来，对自己说着："法洛伯爵的情形真有点儿古怪。有这么多钱，又受到王上的宠幸，怎么至今还没进贵族院？固然，象葛朗里欧太太和我说的，这可能表示他有心配合王上的政策，以爱惜爵位的方式抬高贵族院的声价。并且一个高等法院法官的儿子，也没资格与克里翁和罗昂等等那些勋贵后裔相提并论。法洛伯爵要进贵族院决不能大张旗鼓，惹人注目。但若他能离婚，再娶一个没有儿子的老参议员的女儿，不是就能以继承人的地位一跃而为贵族院议员，免得王上为难了吗？"但尔维一边走上台阶一边想："哼，不错，这一点倒大可以拿来恐吓伯爵夫人。"

但尔维无意之间击中了法洛太太的要害，摸到她那个刻骨铭心的毒癌。她接见他的屋子是一间精雅的冬季餐厅，她正在用早点，旁边有一根钉着铁档的柱子拴着一只猴子，让她逗着玩儿。伯爵夫人穿着一件很漂亮的梳妆衣，便帽底下拖出几个随便束着的头发卷，显得很精神。她容光焕发，笑容可掬。金器，银器，嵌螺钿的杯盘，在餐桌上发光，周围摆着几个精美的瓷盆，种着名贵的花草。夏倍伯爵的女人靠了夏倍的遗产，生活豪华，站在社会的峰尖上，可怜的老头儿却在鲜货商家里和牲口家禽住在一块；代理人看了不由得私下想道：

"由此可以得到一个结论：一个俊俏的女人，决不肯把一个穿旧卡列克，戴着野草般的假头发，脚上套着破靴子的老头儿，再认作丈夫；哪怕过去是她的情人也不相干。"

大半的巴黎人家尽管用多多少少的谎话遮掩自己的生活，也瞒不过一个以地位关系而能看到事实的人；所以但尔维当下堆着一副狡猾而尖刻的笑容，表示半感慨半嘲弄的心情。

"但尔维先生，你好！"伯爵夫人说着，继续拿咖啡喂她的猴子。

但尔维听她招呼的口气那么轻浮，觉得很刺耳，便直截了当的和她说；"太太，我是来跟你谈一件相当严重的事的。"

"啊，遗憾得很。伯爵不在家呢……"

"我觉得幸运得很，太太。他要是参加我们的谈话，那才是遗憾呢。并且我从台倍克那儿知道，你喜欢自己的事自己了，不愿意打搅伯爵的。"

"那末我教人把台倍克找来罢。"

"他虽然能干，这一回也帮不了你的忙。太太，你只要听我一句话就不会再嘻嘻哈哈了。夏倍伯爵的确没有死。"

"难道这种荒唐话就能使我不再嘻嘻哈哈了吗？"她说着，大声的笑了。

可是但尔维目不转睛的瞪着她，明亮的眼神仿佛看透了她的心事，伯爵夫人的态度便突然软化了。

“太太，”他冷冷的用着又严肃又尖锐的口气说，“你还不知道你冒的危险有多大呢。不消说，全部文书都是真实的，确定夏倍伯爵没有死的证件都是可靠的。你一向知道我不是接受无根无据的案子的人。我们申请撤销死亡登记的时候，倘若你出来反对，这第一场官司你就非输不可；而我们赢了第一审，以后的几审也就赢定了。”

“那末你还预备跟我谈些什么呢？”

“既不谈上校，也不谈你。有些风雅的律师，拿这件案子里奇奇怪怪的事实，加上你再醮以前收到前夫的几封信，很可能作成一些有趣的节略；可是我也不预备和你谈这种问题。”

“这简直是胡扯！”她装腔作势，尽量拿出恶狠狠的神气，“我从来没收到夏倍伯爵的信；并且谁要自称为上校，他准是个骗子，苦役监里放出来的囚犯，象高阿涅之类①。单是想到这种事就教人恶心。先生，你以为上校会复活吗？他阵亡以后，波拿帕脱正式派副官来慰问我，国会批准三千法郎抚恤金，我至今还在支领。自称为夏倍上校的人，不管过去有多少，将来还有多少，我都有一千一万个理由不睬他们。”

“太太，幸亏今天只有咱们两人，尽可以由着你扯谎。”但尔维冷冷的说着，有心刺激伯爵夫人，认为她一怒之下可能露出些破绽来，这是诉讼代理人的惯伎，敌人或当事人尽管发脾气，他们总是声色不动。他临时又想出一个圈套，教她明白

① 比哀·高阿涅为十九世纪初叶法国大冒险家，自称为圣·埃兰伯爵，拐骗盗窃，无所不为，数次入狱越狱，化名投军，居于高位，暗中仍为盗党领袖，卒被识破，判处终身苦役。

自己弱点很多，不堪一击；便私忖道：“好，咱们来见个高低罢。”——接着他高声说：“太太，送达第一封信的证据，是其中还附有证券……”

“噢！证券吗？信里可没有什么证券。”

但尔维微微一笑：“原来这第一封信你是收到的。你瞧，一个诉讼代理人随便唬你一下，你就中了计，还自以为能跟司法当局斗吗？……”

伯爵夫人的脸一忽儿红一忽儿白，用手遮住了。然后她把羞愧的情绪压了下去，恢复了象她那等女人的天生的镇静。

“既然你作了自称为夏倍的那个人的代理人，那末请你……”

“太太，”但尔维打断了她的话，“我现在除了当上校的代理人之外，同时仍旧是你的代理人。象你这样的大主顾，我肯放弃吗？可是你不愿意听我的话呀……”

“那末先生，你说罢。”她态度变得很殷勤了。

“你得了夏倍伯爵的财产，却给他一个不理不睬。你有了巨万家私，却让他在外边要饭。太太，案情本身既然这样动人，律师的话自然动人了。这件案子里头，有些情节可能引起社会公愤的。”

伯爵夫人被但尔维放在火上一再烧烤，不由得心烦意躁。她说：“可是先生，即使你的夏倍真的没死，法院为了我的孩子也会维持我跟法洛伯爵的婚姻，我只要还夏倍二十二万五千法郎就完了。”

“太太，关于感情的问题，我们不知道将来法院怎么看法。一方面固然有母亲与孩子的问题，另一方面，一个受尽苦难的男人，被你一再拒绝而折磨得这样衰老的男人，同样成为问题，教他哪儿再去找个妻子呢？那些法官能够作违法的判决吗？你和上校的婚姻使他对你有优先权。不但如此，一朝人家用丑恶的面貌来形容你的时候，你还会碰到一个意想不到的敌人。太太，这就是我想替你防止的危险。”

“一个意想不到的敌人！谁？”

“就是法洛伯爵，太太。”

“法洛先生太爱我了，对他儿子的母亲太敬重了……”

但尔维打断了她的话：“诉讼代理人是把人家的心看得雪亮的，你这些废话都甭提啦。此刻法洛先生决没意思跟你离婚，我也相信他非常爱你，但要是有人跟他说，他的婚姻可能宣告无效，他的太太要在公众眼里成为罪大恶极的女人……”

“那他会保护我的。”

“不会的，太太。”

“请问他有什么理由把我放弃呢，先生？”

“因为他可以娶一个贵族院议员的独养女儿，那时只要王上一道诏书，就好把贵族院的职位移转给他……”

伯爵夫人听着脸色变了。

但尔维心上想：“行啦，被我抓住了！可怜的上校，你官司赢定啦。”——然后他高声说道：“并且法洛先生那么办，心里也没什么过不去；因为一个光荣的男人，又是将军，又是伯爵，又是荣誉团勋二位，决非等闲之辈；倘使这个人向他要回太太的话……”

“得了，得了，先生！”她说，“你永远是我的代理人。请你告诉我应当怎办？”

“想法和解呀！”

“他是不是还爱我呢？”她问。

“我不信他不爱你。”

听到这句话，伯爵夫人马上把头抬了起来，眼中闪出一道表示希望的光，或许她想用一些女人的诡计，利用前夫的爱情来赢她的官司。

“太太，究竟要我们把公事送给你呢，还是你愿意到我事务所来商订和解的原则，我等候你的吩咐。”但尔维说着，向伯爵夫人告辞了。

但尔维访问上校和法洛太太以后一星期，六月里一个晴朗的早上，被命运拆散的一对夫妇，从巴黎的两极出发，到他们共同的代理人那儿相会。

但尔维预支给夏倍上校的大量金钱，使他能够把衣衫穿得跟身分相称。阵亡军人居然坐着一辆挺干净的两轮车，戴着一副与面貌相配的假头发，穿着蓝呢衣服，白衬衫，领下挂着荣誉团勋二位的大红绶带。生活优裕的习惯一恢复，当年那种威武的气概也跟着恢复了。他身子笔直，容貌庄严而神秘，活现出愉快和满怀希望的心情，脸不但变得年轻，而且用画家的术语来说，更丰满了。在他身上，你再也找不出穿破卡列克的夏倍的影子，正如一枚新铸的四十法郎的金洋决不会跟一个铜子儿相象。路上的人看到了，很容易认出他是我们帝国军中的遗老，是那些英雄之中的一个；国家的光荣照着他们，他们也代表国家的光荣，好比阳光底下的镜子把太阳的每一道光芒都反射出来。这般老军人每个都等于一幅画，同时也等于一部书。

伯爵从车上跳下来走进但尔维家的时候，动作的轻灵不下于青年人。他的两轮车刚掉过车身，一辆漆着爵徽的华丽的轿车也跟着赶到了。车中走下法洛伯爵夫人，装束非常朴素，但很巧妙的衬托出年轻的身腰。她戴着一顶漂亮的小帽子，周围缀着蔷薇花，象捧云托月似的使她脸蛋的轮廓不太清楚，而神态更生动。两个当事人都变得年轻了，事务所却还是老样子，和这个故事开场的时候所描写的没有分别。西蒙宁吃着早点，肩膀靠在打开的窗上，从四周都是黑沉沉的房屋而只给院子留出的空隙中，眺望着蓝天。

他忽然嚷道："啊！夏倍上校变了将军，挂着红带了，谁愿意赌东道请看戏吗？"

"咱们的老板真会变戏法。"高特夏说。

"这一回大家不跟他开玩笑了吗？"台洛希问。

"放心，他的太太，法洛伯爵夫人，会要他的！"蒲加回答。

高特夏又道："那末伯爵夫人要服侍两个丈夫了，可不是？"

"噢，她也来了！"西蒙宁嚷着。

这时上校走进事务所，说要见但尔维先生。

"他在里头呢，伯爵。"西蒙宁告诉他。

"原来你耳朵并不聋，小鬼！"夏倍扯着跳沟的耳朵拧了一把，教那些帮办看着乐死了，哈哈大笑，同时也打量着上校，表示对这个怪人好奇到极点。

法洛太太进事务所的时候，夏倍伯爵正在但尔维的办公室里。

"喂，蒲加，这一下老板办公室里可要来一幕精采的戏文啦！那位太太不妨双日陪法洛伯爵，单日陪夏倍伯爵。"

"逢到闰年，这笔账可以轧平了。"高特夏接着说。

“诸位，别胡扯了，人家听得见的，”蒲加很严厉的喝阻，“象你们这样把当事人打哈哈的事务所，从来没见过。”

伯爵夫人一到，但尔维就把上校请到卧房去坐。

他说：“太太，因为不知道你愿不愿意和夏倍伯爵见面，我把你们俩分开了。倘若你喜欢……”

“先生，多谢你这么体贴。”

“我拟了一份和解书的稿子，其中的条款，你和夏倍先生可以当场磋商；两方面的意思由我居间传达。”

“好罢，先生。”伯爵夫人作了一个不耐烦的手势。

但尔维念道：

“立协议书人甲方：伊阿桑德，别号夏倍，现封伯爵，陆军少将，荣誉团勋二位；住巴黎小银行街；

“乙方：罗士·夏波丹，为甲方夏倍伯爵之妻……”

伯爵夫人插言道：“开场的套头不用念了，单听条文罢。”

“太太，”代理人回答，“开场的套头很简短的说明你们双方的地位。然后是正文。第一条，当着三个见证——其中两位是公证人，一位是你丈夫的房东，做鲜货买卖的，我已经关照他严守秘密——你承认甲方是你的前夫夏倍伯爵；确定他身分的文书，由你的公证人克劳太另行办理。

“第二条，甲方为顾全乙方幸福起见，除非在本和解书规定的情形之下，自愿不再实行丈夫的权利。”但尔维念到这儿又插进两句，“所谓本和解书规定的情形，就是乙方不履行这个秘密文件中的条款。——其次，甲方同意与乙方以友好方式，共同申请法院撤销甲方之死亡登记，及甲方与乙方之婚约。”

伯爵夫人听了很诧异，说道："这一点对我完全不合适，我不愿意惊动法院。你知道为什么。"

代理人声色不动，照旧往下念：

"第三条，乙方自愿每年以二万四千法郎交与甲方夏倍伯爵；此项终身年金由乙方以购买政府公债所生之利息支付，但甲方死亡时，本金仍归乙方所有……"

"那太贵了！"伯爵夫人说。

"你能花更低的代价成立和解吗？"

"也许。"

"太太，那末你要怎办呢？"

"我要……我不要经过法院，我要……"

"要他永远做死人吗？"但尔维顶了一句。

"先生，倘若要花二万四的年金，我宁可打官司……"

"好，咱们打官司罢。"上校用他那种调门很低的声音嚷道。他突然之间打开房门站在他女人面前，一手插在背心袋里，一手指着地板。因为想起了痛苦的往事，他这姿势格外显得悲壮。

"真的是他！"伯爵夫人私下想。

老军人接着又道："哼，太贵了！我给了你近一百万，你却眼看我穷途潦倒，跟我讨价还价。好罢，现在我非要你不可了，既要你的财产，也要你的人。咱们的财产是共有的，咱们的婚约还没终止……"

伯爵夫人装作惊讶的神气，嚷道："这一位又不是夏倍上校喽。"

"啊！"老人带着挖苦得很厉害的口吻，"你要证据吗？我当初是在王宫市场把你找来的……”①

伯爵夫人马上变了脸色。老军人看到自己从前热爱的女人那么痛苦，连胭脂也遮不了惨白的脸色，不由得心中一动，把话咽住了。但她睁着恶毒的眼睛瞪着他，于是他一气之下，又往下说道：

“你原来在……”

“先生，我受不了，”伯爵夫人对代理人说，“让我走罢。我不是到这儿来听这种下流话的。”

她站起身子走了。但尔维跟着冲出去。伯爵夫人象长了翅膀似的，一眨眼就飞掉了。代理人回到办公室，看见上校气坏了，在屋子里大踏步踱着。

他说：“那个时候一个人讨老婆是不管出身的；我可是拣错了人，被她的外表骗过去了；谁知她这样的没心没肺。”

“唉，上校，我不是早告诉你今天别来吗？现在我相信你真是夏倍伯爵了。你一出现，伯爵夫人浑身一震：我把她的思想看得清清楚楚。可是你的官司输定了，你太太知道你面目全非，认不得了。”

“那我就杀了她……”

“发疯！这不是把你自己送上断头台吗？说不定你还杀不了她！一个人想杀老婆而没杀死，才是大笑话呢②。让我来补救罢，大孩子！你先回去，诸事小心；她很可能安排一些圈套，送你上夏朗东的。我要立刻把公事送给她，以防万一。”

① 自大革命起至王政复辟初期，巴黎的王宫市场为娼寮赌场的集中地。

② 杀妻不成，就是说一个人犯了重罪而仍不能摆脱妻子，当然是很可笑的。

可怜的上校听从了恩人的吩咐，结结巴巴说了几句抱歉的话，出门了。他慢吞吞的走下黑暗的楼梯，憋着一肚子郁闷，被刚才那一下最残酷、把他的心伤得最厉害的打击压倒了。走到最后一个楼梯台，他听见衣衫悉索的声音，忽然太太出现了。

“跟我来，先生。”她上来挽着他的手臂；那种姿势他从前是非常熟悉的。

伯爵夫人的举动和一下子又变得温柔的口吻，尽够消释上校的怒意，把他带到车子旁边。

跟班的放下踏级，伯爵夫人招呼上校道：“喂，上车罢！”

于是他象着了魔似的，挨着妻子坐在轿车里。

“太太上哪儿去?”跟班的问。

“上葛罗斯莱。”

驾车的马开始奔驰，穿过整个的巴黎城。

“先生……”伯爵夫人叫出这两个字的声音是泄露人生最少有的情绪的声音，表示身心都在震颤。

在这种时候，一个人的心，纤维，神经，面貌，肉体，灵魂，甚至每个毛孔都在那里抖动。我们的生命似乎不在自己身上了；它跑在身外跳个不停，好象有瘟疫一般的传染性，能借着目光，音调，手势，去感应别人，把我们的意志去强制别人。老军人仅仅听她叫出可怕的“先生”二字，就打了一个寒噤。那两字同时包含责备，央求，原谅，希望，绝望，询问，回答的意味，简直包括一切。能在一言半语之间放进那么多意思那么多感情的，必然是高明的戏子。一个人所能表达的真情实意往往是不完全的，真情决不整个儿显露在外面，只让你揣摩到内在的意义。上校对于自己刚才的猜疑，要求，发怒，觉得非常惭愧，便低着头，不愿意露出心中的慌乱。

伯爵夫人略微歇了一会，又道："先生，我一看见你就认出来了！"

"罗西纳，"老军人回答，"你这句话才是唯一的止痛膏，能够使我把过去的苦难忘了的。"

他象父亲对女儿一般抓着妻子的手握了握，让两颗热泪掉在她手上。

"先生，你怎么没想到，以我这样为难的处境，在外人面前怎么受得了！即使我的地位使我脸红，至少让我只对自己人脸红。这一段秘密不是应当埋在我们心里的吗？希望你原谅我对夏倍上校的苦难表面上不理不睬。我觉得我不应该相信他还活着的。"她看到丈夫脸上有点儿质问的表情，便赶紧声明，"你的信是收到的；但收到的时候和埃洛战役已经相隔十三个月，又是被拆开了的，脏得要命，字也不容易认。既然拿破仑已经批准我再嫁的婚约，我就认为一定是什么坏蛋来耍弄我。为了避免扰乱法洛伯爵的心绪，破坏家庭关系，我不得不提防有人假冒夏倍。你说我这么办对不对？"

"不错，你是对的；我却是个傻子，畜生，笨伯，没把这种局面的后果细细想一想。"上校说着，看见车子经过夏班尔关卡，便问，"咱们到哪儿去呢？"

"到我的乡下别墅去，靠近葛罗斯莱，在蒙莫朗西盆地上。先生，咱们在那儿可以一同考虑怎么办。我知道我的责任，我在法律上固然是你的人，但事实上不属于你了。难道你愿意咱们俩成为巴黎的话柄吗？这个局面对我简直是桩大笑话，还是别让大众知道，保持咱们的尊严为妙。”她对上校又温柔又凄凉的瞟了一眼，接着说：“你还爱着我；可是我，我不是得到了法律的准许才另外结婚的吗？处着这个微妙的地位，我冥冥中听到一个声音，教我把希望寄托在你的慷慨豪侠上面，那是我素来知道的。我把自己的命运交在你一个人手里，只听凭你一个人处理：这算不算我错了呢？原告和法官，请你一个人兼了罢。我完全信托你高尚的心胸。你一定能宽宏大量，原谅我无心的过失所促成的后果。因此我敢向你承认，我是爱法洛先生的，也自认为有爱他的权利。我在你面前说这个话并不脸红；即使你听了不舒服，可并不降低我们的人格。我不能把事实瞒你。当初命运弄人，使我做了寡妇的时候，我并没有身孕。”

上校对妻子做了个手势，意思要她别往下说了。车子走了一里多路，两人没交换一句话。夏倍仿佛看到两个孩子就在面前。

“罗西纳！”

“怎么呢?”

“死人不应该复活，是不是?”

“噢！先生，哪里，哪里！别以为我忘恩负义。可是你离开的时候留下的妻子，你回来的时候她不但再嫁了，而且做了母亲。虽然我不能再爱你，但我知道受你多少恩惠，同时我还有象女儿对父亲那样的感情奉献给你。”

“罗西纳，”老人用着温柔的声调回答，“现在我一点不恨你了。咱们把一切都忘了罢。”说到这里，他微微笑了笑，那种仁慈的气息永远是一个人心灵高尚的标记，“我不至于那么糊涂，硬要一个已经不爱我的女人假装爱我。”

伯爵夫人瞅了他一眼，不胜感激的表情使可怜的夏倍几乎愿意回进埃洛的死人坑。世界上真有些人抱着那么伟大的牺牲精神，以为能使所爱的人快乐便是自己得了酬报。

“朋友，这些事等咱们以后心情安定的时候再谈罢。”伯爵夫人说。

于是两人的谈话换了一个方向，因为这问题是不能长久谈下去的。虽然夫妻俩或是正式的，或是非正式的，常常提到他们古怪的局面，一路上倒也觉得相当愉快，谈着过去的夫妇生活和帝政时代的旧事。伯爵夫人使这些回忆显得甜蜜可爱，同时在谈话中加进一点必不可少的惆怅的情调，维持他们之间的庄严。她只引起对方旧日的爱情，而并不刺激他的欲念；一方面尽量让前夫看到她内心的境界给培养得多么丰富，一方面使他对于幸福的希冀只限于象父亲见着爱女一般的快慰。当年上校只认识一个帝政时代的伯爵夫人，如今却见到一个王政复辟时代的伯爵夫人。最后，夫妇俩穿过一条横路到一个大花园；花园的所在地是玛扬西高岗与美丽的葛罗斯莱村子之间的一个小山谷。伯爵夫人在这儿有一所精雅的别庄；上校到的时候，发见一切布置都是预备他夫妇俩小住几天的。苦难好比一道神奇的符箓，能加强我们的天性，使猜忌与凶恶的人愈加猜忌愈加凶恶，慈悲的人愈加慈悲。

以上校而论，不幸的遭遇倒反使他心肠更好，更愿意帮助人。女性的痛苦，多半的男子是不知道它的真相的，这一下上校可是体会到了。但他虽则胸无城府，也不由得和妻子说：

“你把我带到这儿来觉得放心吗？”

“放心的，倘若在跟我打官司的人身上，我还能找到夏倍上校的话。”

她回答的神气装得很真诚，不但祛除了上校心里那个小小的疑团，甚至还使他暗中惭愧，觉得不应该起疑。一连三天，伯爵夫人对待前夫的态度好得无以复加。她老是那么温柔，那么体贴，仿佛要他忘掉过去所受的磨折，原谅她无意中（照她自己的说法）给他的痛苦。她一边表现一种凄凉抑郁的情绪，一边把他素来欣赏的风度尽量拿出来；因为有些姿态，有些感情的或精神的表现，是我们特别喜欢而抵抗不了的。她要使他关切她的处境，惹动他的柔情，以便控制他的思想而称心象意的支配他。

她决意要不顾一切的达到目的，只是还没想出处置这男人的方法，但要他在社会上不能立足是毫无问题的。

第三天傍晚，她因为不知道自己的战略结果如何，觉得心乱如麻，无论如何努力，面上总是遮盖不了。为了松动一下，她上楼到自己屋里，对书桌坐着，把在上校面前装作心情安定的面具拿了下来，好比一个戏子演完了最辛苦的第五幕，半死不活的回到化装室，把截然不同的面目留在舞台上。她续完了一封写给台倍克的信，要他上但尔维那边把有关夏倍上校的文件抄来，然后立刻赶到葛罗斯莱看她。刚写完，她听见走廊里有上校的脚声，原来他是不放心而特意来找她的。

她故意高声自言自语：“唉！我要死了才好呢！这局面真受不了……”

“啊，怎么回事呀？”老人问。

“没有什么，没有什么。”

她站起来，离开上校下楼去，偷偷把信交给贴身女仆送往巴黎，面交台倍克，等他看过了还得把原信带回。然后伯爵夫人到一个并不怎么偏僻的地方拣一张凳子坐下，使上校随时能找到她。果然上校已经在找她了，便过来坐在她身边。

“罗西纳，你怎么啦?”

她不作声。傍晚的风光幽美恬静，那种说不出的和谐使六月里的夕照格外韵味深长。空气清新，万籁俱寂，只听见花园深处有儿童笑语的声音，给清幽的景色添上几段悦耳的歌曲。

“你不回答我吗?”上校又问了一声。

“我的丈夫……”伯爵夫人忽然停下，做了一个手势，红着脸问，“我提到法洛伯爵该怎么称呼呢?”

“就说你的丈夫罢，可怜的孩子；他不是你两个孩子的父亲吗?”上校用着慈祥的口吻回答。

她说：“倘若法洛先生问我到这儿来干什么，倘若他知道我跟一个陌生人躲在这里，我对他怎么交代?”然后又拿出非常庄严的态度，“先生，请你决定罢，我准备听天由命了……”

上校抓着她的手：“亲爱的，为了你的幸福，我已经决定牺牲自己……”

她浑身抽搐了一下，嚷道：“那不行。你想，你所谓牺牲是要把你自己否定，而且要用切实的方式……”

“怎么，我的话还不足为凭吗?”

切实二字直刺到老人心里，使他不由自主的起了疑心。他对妻子瞅了一眼，她脸一红，把头低下了，而他也生怕自己会瞧她不起。伯爵夫人素来知道上校慷慨豪爽，毫无虚假，唯恐这一下把这血性男子的严格的道德观念伤害了。双方这些感想不免在他们额上堆起一些乌云，但由于下面一段插曲，两人之间的关系马上又变得和谐了。事情是这样的：伯爵夫人听到远远有一声儿童的叫喊，便嚷道：

“于勒，别跟妹妹淘气！”

“怎么！你的孩子在这里吗？”上校问。

“是的，可是我不许他们来打扰你。”

老军人对这种殷勤的措置咂摸出女性的体贴和用心的细腻，便握着伯爵夫人的手亲了一下。

“让他们到这儿来罢。”他说。

小女孩子跑来告状，说她哥哥捣乱：

“妈妈！”

“妈妈！”

“他把我……”

“她把我……”

两个孩子一齐向母亲伸着手，喊喊喳喳的闹成一片，等于突然展开了一幅美妙动人的图画。

伯爵夫人的眼泪再也忍不住了：“可怜的孩子！唉，要离开他们了！法院将来判给谁呢？母亲的心是分割不开的，教我怎么放得下呢？”

“是您呕妈妈哭的吗？”于勒怒气冲冲的问上校。

“别多嘴，于勒！”母亲很威严的把他喝住了。

两个孩子不声不响的站在那里，一忽儿瞧瞧母亲，一忽儿瞧瞧客人，好奇的神色非言语所能形容。

“噢！”她又说，“倘若要我离开伯爵而让我保留孩子，那我不管什么也就忍受了……”

这句攸关大局的话使她全部的希望都实现了。

“对！”上校好象是把心里想了一半的话接下去，“我早说过了；我应该重新钻下地去。”

“我怎么能接受这样的牺牲呢？”伯爵夫人回答，“固然有些男人为了挽救情妇的名誉不惜一死，但他们只死一次，你却是每天都受着死刑！那断断使不得！倘若只牵涉到你的生命倒还罢了；可是要你签字声明不是夏倍上校，承认你是个冒名的骗子，牺牲你的名誉，从早到晚的向人说谎……噢，一个人无论怎么牺牲也不能到这个地步。你想想罢！那怎么行！要没有这两个可怜的孩子，我早跟你逃到天涯地角去了……”

“暖，”夏倍说，“难道我不能在这儿待下去，装作你的亲戚，住在你那个小楼里吗？我已经老朽无用，象一尊废炮，只要一些烟草和一份《立宪报》就行了。”

伯爵夫人哭得象泪人儿一般。两人你推我让，争着要牺牲自己，结果是军人得胜了。一天傍晚，在暮色苍茫，万籁俱寂的乡间，眼看孩子们绕在母亲膝下，宛然是一幅融融泄泄的天伦图的时候，老军人感动得忍不住了，决意回到坟墓中去，也不怕签署文件，切切实实的否定自己了。他问伯爵夫人应当怎办才能一劳永逸的保障她家庭的幸福。

她回答说：“随你怎办罢！我声明决不参加这件事。那是不应该的。”

台倍克已经到了几天，依照伯爵夫人的吩咐，居然和老军人混得很好，得到了他的信任。第二天早上，夏倍伯爵和他两人一同出发到圣－淶－泰凡尼去。台倍克已经委托那边的公证人替夏倍拟好一份声明书，可是措辞那么露骨，老军人听完条文马上跑出事务所，嚷道：

“该死！该死！那我不成了个小丑吗？不是变了个骗子吗？”

“先生，”台倍克和他说，“我也不劝你立刻签字。换了我，至少要伯爵夫人拿出三万法郎年金，那她一定给的。”

上校象正人君子受了污辱一般，睁着明亮的眼睛把老奸巨滑的坏蛋瞪了一眼，赶紧溜了，胸中被无数矛盾的情绪搅得七上八下。他又变得猜疑了，一忽儿愤慨，一忽儿冷静。

他终于从围墙的缺口中进入葛罗斯莱的花园，慢吞吞的走到一个可以望见圣－涞大路的小亭子里歇息，预备在那儿仔细想一想。园子里的走道铺的不是细石子，而是一种红土。伯爵夫人坐在高头一个小阁的客厅内，没听见上校回来；她专心一意想着事情的成功，完全没留意到丈夫那些轻微的声响。老人也没发觉妻子坐在小阁上。

伯爵夫人从隔着土沟的篱垣上面，望见总管一个人在路上走回来，便问：“喂，台倍克先生，他签字了没有？”

“没有，太太。他不知跑哪儿去了。老马居然发起性子来了。”

她说：“那末就得送他上夏朗东，既然我们把他抓在手里。”

上校忽然象年轻人一样的矫捷，纵过土沟，一霎眼站在总管面前，狠狠的打了他两个嘴巴，那是台倍克一生挨到的最精采的巴掌。同时夏倍又补上一句：

“要知道老马还会踢人呢！”

胸中的怒气发泄过了，上校觉得再没气力跳过土沟。赤裸裸的事实已经摆在眼前；伯爵夫人的话和台倍克的回答，暴露了他们的阴谋。所有的体贴，照顾，原来都是钓他上钩的饵。夏朗东这个字好比一种烈性的毒药，使老军人精神与肉体的痛苦一刹那间都恢复了。他从园子的大门里走向小亭子，步履蹒跚，象一个快倒下来的人。可见他是永远不得安宁的了！从此就得跟这女人开始一场丑恶的斗争；正如但尔维所说的，成年累月的打着官司，在悲痛中煎熬，每天早上都得喝一杯苦水。而可怕的是：最初几审的讼费哪儿去张罗呢？他对人生厌恶透了：当时旁边要有水的话，他一定跳下去的了，有手枪的话一定把自己打死的了。然后他变得游移不定，毫无主意；这种心情，从但尔维在鲜货商家里和他谈过话以后，就已经动摇了他的信念。到了亭子前面，他走上高头的小阁，发见妻子坐在一张椅子里。阁上装着玫瑰花形的玻璃窗，山谷中幽美的景物可以一览无余：伯爵夫人在那里很镇静的眺望风景，莫测高深的表情正象那般不顾一切的女人一样。她仿佛才掉过眼泪，抹了抹眼睛，心不在焉的拈弄着腰里一根很长的粉红丝带。可是尽管面上装得泰然自若，一看见肃然可敬的恩人站在面前，伸着手臂，惨白的脸那么严正，她也不由得打了个寒噤。

他向她瞪着眼睛，看得她脸都红了，然后说："太太，我不来咒你，只是瞧不起你。谢天谢地，幸亏命运把咱们分开了。我连报复的念头都没有，我不爱你了。我什么都不问你要。凭我这句话，你安心活下去罢；哼，我的话才比巴黎所有公证人的字纸都更可靠呢。我不再要求那个也许被我显扬过的名字。我只是一个叫做伊阿桑德的穷光蛋，只求在太阳底下有个地方活着就行了。再见罢……"

伯爵夫人扑在上校脚下，抓着他的手想挽留他；但他不胜厌恶的把她推开了，说道：

“别碰我。”

伯爵夫人听见丈夫的脚声走远去，做了一个没法形容的手势。然后凭着阴险卑鄙的或是自私狠毒的人的聪明，她觉得这个光明磊落的军人的诺言与轻视，的确可以保证她太平无事的过一辈子的。

夏倍果然销声匿迹了。鲜货商破了产，当了马夫。或许上校有个时期也干过相仿的行业，或许象一颗石子掉在窟窿里，骨碌碌的往下直滚，埋没在巴黎那个衣衫褴褛的人海中去了。

# 三　养老院

事后六个月，但尔维既没有夏倍上校的消息，也没有伯爵夫人的消息，以为他们和解了，大概伯爵夫人怀恨在心，故意托别的事务所办了手续。于是有一天，他把借给夏倍的钱结算清楚，加上应有的费用，写信给法洛伯爵夫人请她通知夏倍伯爵料理；但尔维断定她是准知道前夫的住址的。

法洛伯爵的总管刚好发表为某个重要城市的初级法院院长；他第二天就复了但尔维一封信，教人看了非常丧气：

法洛伯爵夫人嘱代声明：贵当事人对先生完全用了欺骗手段；自称为夏倍伯爵的人已明白承认假冒身分。此致……

台倍克

但尔维嚷道："呦！竟有这种混账东西！他们居然会盗窃出生证。你热心罢；慷慨罢，慈悲罢，你可上当了！哪怕你是诉讼代理人也没用！这件事平空白地破费了我两千多法郎。”

又过了一些时候，但尔维有天到法院去找一个正在轻罪法庭出庭的律师说话。他偶然闯进第六庭，庭上刚好把一个叫做伊阿桑德的无业游民判处二个月徒刑，刑满移送圣·特尼乞丐收容所。照警察厅的惯例，这种判决等于终身监禁。

听到伊阿桑德的名字，但尔维对坐在被告席上，夹在两名警察中间的犯人瞧了一眼，原来便是冒充夏倍伯爵的那个家伙。

老军人态度安详，一动不动，几乎是心不在焉的神气。虽则衣服破烂，面上也有饥寒之色，但仍保持着高傲庄严的气概。他的眼神有种坚忍卓绝的表情，绝对逃不过法官的眼睛；但一个人落入法网以后，就变了一个抽象的东西，一个法理的问题，好比他在统计学家心目中只成为一个数字。

他被带往书记室，预备等会和同案判决的游民一齐送往监狱。凭着代理人在法院里可以到处通行的特权，但尔维跟他到书记室，把他和别的几个奇形怪状的乞丐打量了一番。书记室的穿堂另有一番景象，可惜立法大员，慈善家，画家，作家，都没有研究过。

象一切诉讼实验室一样，这穿堂是一间又暗又臭的屋子，四壁摆着长凳，被那些川流不息的可怜虫坐得发黑了。他们都到这儿来跟社会上各式各样的受难者相会，从来没有一个人失约。倘若你是个诗人，一定会说，在这么许多灾难汇集的阴沟里，阳光是羞于露面的。那儿没有一个位置不坐过未来的或过去的罪犯，很多是受了第一次轻微的惩罚，便横了心变成积犯，终于上了断头台，或者是把自己打一枪送了性命。所有倒在巴黎街上的人，都在这些暗黄的壁上留着痕迹。凡是真正的慈善家，大可以在壁上把那么多自杀案的理由研究出来，不至于再象一般虚伪的作家只会慨叹而没能力加以阻止，因为自杀的原因明明写在这间穿堂里，而穿堂又是一个苗圃，制造验尸所与葛兰佛广场①的惨剧的。

那时，一批精神抖擞而浑身都是苦难的疮疤的人，挤在那里一忽儿静默，一忽儿低声谈话，因为有三个警察在屋子里踱来踱去，腰刀拖在地板上发出铿锵的声音。夏倍上校就坐在这些人堆里。

“你还认得我吗？”但尔维站在老军人面前问。

“认得的，先生。”夏倍站起身子回答。

但尔维轻轻的说道：“倘若你是个规矩人，怎么会欠了我的钱不还呢？”

老军人满面通红，好象一个姑娘被母亲揭破了私情。

他高声嚷道：“怎么！法洛太太没跟你算账吗？”

“算账？……她写信给我说你是个骗子。”

上校抬起眼睛，表示深恶痛绝与诅咒的意思，仿佛在祈求上帝惩罚她这桩新的卑鄙行为。

“先生，”他因为感情冲动，声音变了腔，倒反显得安静了，“请你向警察说一声，让我到书记室去写个字条，那一定发生效力。”

但尔维向警察打了个招呼，把他的当事人带进书记室，伊阿桑德写了一个字条给伯爵夫人，交给但尔维，说道：

---

① 葛兰佛广场（一八〇六年后改称为市政厅广场），为巴黎执行死刑的地方，亦为举行大庆祝的地方。

“把这个送去，你的公费和借给我的款子保证能收回。先生，虽则我对于你的帮助没有把我的感激表示出来，但我的情意始终在这里，”说着他拿手指着心口，“是的，整个儿在这里。可是穷人有什么力量呢？他们除了感情以外，什么都谈不到。”

“怎么！”但尔维问他，“你没要求她给你一笔年金吗？”

“甭提啦！”老军人回答，“你真想不到，一般人看得多重的表面生活，我才瞧不起呢。我突然之间害了一种病，厌世病。一想到拿破仑关在圣·埃兰纳，我觉得世界上一切都无所谓了。倒楣的是我不能再去当兵。”他做了一个小孩子般的手势，补充道：“归根结蒂，与其衣服穿得华丽，不如有感情可以浪费。我至少不用怕人家瞧不起。”

说完他又回去坐在他的凳子上。

但尔维出了法院，回到事务所，派那个时期的第二帮办高特夏上法洛太太家。伯爵夫人一看字条，立刻把夏倍上校欠代理人的钱付清了。

一八四〇年六月底，高特夏当了诉讼代理人，陪着他的前任但尔维上里斯去。走到一处和通往皮赛德[1]的林荫道交叉的地方，看见路旁一株橡树底下，有个已经成为叫化头的，病病歪歪的白发老人。他住在皮赛德救济院，象穷苦的老婆子住在萨班德里埃[2]一样。他是院内收容的二千个人中的一个，当时坐在一块界石上，聚精会神的干着残废军人搅惯的玩艺儿：在

① 皮赛德为法国塞纳州的一个小镇，有建筑宏伟的救济院，收窖老人及精神病者。

② 萨班德里埃为巴黎妇女救济院的别名，除老年妇女外，亦兼收精神病女子。

太阳底下晒黏在手帕上的烟末，大概是为了爱惜烟末，不愿意把手帕拿去洗的缘故①。老人的脸非常动人，穿的是救济院发的丑恶之极的号衣——一件土红色的长袍。

高特夏和同伴说："但尔维，你瞧，那老头儿不是象从德国来的那些丑八怪吗？他居然活着，说不定还活得挺有趣呢！

但尔维用望远镜瞧了一下，不禁作了一个惊讶的动作，说道：

"嗳，朋友，这老头儿倒是一首诗，或者象浪漫派作家说的，是一出悲惨的戏。你有时还碰到法洛太太吗？"

"碰到的，她很有风趣，很可爱；也许对宗教太热心了一些。"高特夏回答。

"这老头儿便是她的结发丈夫，当过陆军上校的夏倍伯爵，他被送到这儿来准是她玩的花样。夏倍上校住着这个救济院而没住高堂大厦，只因为当面揭穿了美丽的伯爵夫人的出身，说他象雇马车一般把她从街上捡来的。她当时瞅着他的虎视眈眈的眼睛，我至今记得清清楚楚。"

这几句开场白引起了高特夏的好奇心，但尔维便把上面的故事讲了一遍。两天以后，正是一个星期一的早上，两位朋友回巴黎的时候远远向皮赛德望了一眼。但尔维提议去看看夏倍上校。林荫道的半路上有株倒下的树，老人坐在树根上，手里拿着一根棒在沙土上画来画去。他们把他细看了一下，发觉他那天的早点不是在养老院里吃的②。

---

① 此处所谓烟末系指鼻烟，烟末常与涕沫同时黏在手帕上，故欲连同手帕晒干以便取下烟末。

② 养老院中的人行动自由，有钱的时候可以在外吃喝一顿，享受一下，此处暗指夏倍喝过酒。

但尔维招呼他："你好，夏倍上校。"

"不是夏倍！不是夏倍！我叫做伊阿桑德。"老人回答。他又象儿童和老人那样带着害怕的神气，很不放心的瞧着但尔维："我不是人呀，我是第七室第一百六十四号。"歇了一会又说，"你们可是去看那个死犯的？他没娶老婆，那是他的运气！"

"可怜的人！"高特夏说，"你要不要钱买烟草？"

上校赶紧向两个陌生人伸出手去，神气和巴黎的顽童一样天真，从各人手里接了一枚二十法郎的钱，傻头傻脑的对他们望了一眼，表示感谢，嘴里还说：

"倒是两个好汉！"

他作着举枪致敬和瞄准的姿势，微微笑着，嚷道：

"把两尊炮一齐放呀！拿破仑万岁！"

接着他又拿手杖在空中莫名其妙的乱画一阵。

但尔维说："大概他受的伤影响到他的头脑，使他变得跟小孩子一样了。"

救济院中的另外一个老人在旁边望着他们，听了这话叫起来："他跟小孩子一样！哼！有些日子简直一点儿触犯不得。这老奸巨猾把什么都看透了，想象力丰富得很呢。可是今天他是在休息。先生，一八二〇年的时候，他已经在这里了。那一回，有个普鲁士军官因为马车要爬上维勒于伊甫山坡，只得下来走一段。我正好跟伊阿桑德在一起。那军官一边走一边和一个俄国人谈话，看到咱们的老总，便嘻嘻哈哈的说道：'这一定是个到过洛斯巴哈的轻骑兵。'老总回答：'我太年轻了，来不及到洛斯巴哈；可是赶上了伊哀那[1]！’普鲁士人听着马上溜了，一句话也不敢多讲。”

但尔维嚷道：“他这个命运多奇怪！生在育婴院，死在养老院；那期间帮着拿破仑征略埃及，征略欧洲。”歇了一会又说：“朋友，你知道吗？我们的社会上有三等人，教士，医生，司法人员，都是看破人间的。他们穿着黑衣服，或许就是哀悼所有的德行和所有的幻象。三等人中最不幸的莫如诉讼代理人。一个人去找教士，总由于悔恨的督促，良心的责备，信仰的驱使；这就使他变得伟大，变得有意思，让那个听他忏悔的人精神上感到安慰；所以教士的职业并非毫无乐趣：他做的是净化的工作，补救的工作，劝人重新皈依上帝的工作。可是我们当诉讼代理人的，只看见同样的卑鄙心理翻来覆去的重演，什么都不能使他们洗心革面；我们的事务所等于一个没法清除的阴沟。哼，我执行业务的期间，什么事都见过了！我亲眼看到一个父亲给了两个女儿每年四万法郎进款，结果自己死在一个阁楼上，不名一文，那些女儿理都没理他！我也看到烧毁遗嘱；看到做母亲的剥削儿女，做丈夫的偷盗妻子，做老婆的利用丈夫对她的爱情来杀死丈夫，使他们发疯或者变成白痴，为的要跟情人消消停停过一辈子。我也看到一些女人有心教儿子吃喝嫖赌，促短寿命，好让她的私生子多得一分家私。我看到的简直说不尽，因为我看到很多为法律治不了的万恶的事。总而言之，凡是小说家自以为凭空造出来的丑史，和事实相比之下真是差得太远了。你啊，你慢慢要领教到这些有趣的玩艺

① 洛斯巴哈为一七五七年普鲁士击败法军之地。伊哀那为一八〇六年拿破仑大败普军之处。

儿，我可是要带着太太住到乡下去了，巴黎使我恶心。”

高特夏回答说：“噢，我在台洛希那儿也见得不少了。”

一八三二年三月　巴黎

# 附录　禁治产

Fu Lu Jin Zhi Chan

# 解　题

禁治产为法律名词。凡精神失常之人，由法院审定，宣告其不能自行处理财产，因而指定监护人代管，谓之“禁治产”。

译　者

# 一　两个朋友

一八二八年，有一天清早一点钟的时候，圣·奥诺莱城关街上，从靠近爱里才宫的一所大宅子里走出两个人：一个是当代的名医，叫做荷拉斯·皮安训；一个是巴黎最风雅的人物之一，叫做特·拉斯蒂涅男爵；他们是多年的老朋友了。各人的车早已打发回家，城关区域连一辆街车都没有；但夜色甚美，街面也很干燥。

欧也纳·特·拉斯蒂涅和皮安训说："咱们走到大街上再说，俱乐部前面通宵都有车的；等会你把我送回家罢。"

"行。"

"喂，朋友，你觉得她怎么样？"

"你是说那个女的是不是？"医生冷冷的回答。

"噢，皮安训的老脾气又来了，"拉斯蒂涅嚷道。

"怎么呢？"

"朋友，你提到特·埃斯巴侯爵夫人，象提到一个要进你医院的女病人一样。"

“你要知道我的感想吗，欧也纳？倘若你丢下特·纽沁根太太去勾搭这位侯爵夫人，等于拿一只眼的马去换一匹两眼全瞎的马。”

“纽沁根太太年纪已经三十六了，皮安训！”

“这一位也有三十三了！”医生马上顶了一句。

“最忌妒她的女人也不过说她二十六。”

“好朋友，倘若你存心要知道一个女人的年龄，只要瞧她的太阳穴和鼻尖就行了。不管她们运用胭脂花粉的手段多么高明，对这些暴露她们心绪骚动的，铁面无情的证据，是毫无办法的。她们每长一岁都在那儿留下一道烙印。等到女人额上的皮肤松下来，有了皱痕，象花一般的蔫了；等到鼻尖上有了小小的粒子，好比英国人家壁炉里烧的煤球，把伦敦象毛毛雨似的布满了看不清的小黑点……那末对不起！她准是三十岁出头了。她可能很美，可能很聪明，可能很温柔，什么都可能，但年龄总是过了三十，到了盛极而衰的阶段。我不责备喜欢这一类妇女的人；可是象你这样的漂亮人物，不应该把二月里的癞皮苹果当做一个在枝头上向你微笑，引诱你去咬一口的，又红又白的小苹果。固然爱情从来不查看人家的出生证；没有人爱一个女子是为了她的年纪，为了她长得美或丑，为了她聪明或愚笨，爱就是爱，没有理由的。”

“可是我呀，我爱她的理由才多呢。她是特·埃斯巴侯爵夫人，她是勃拉蒙-旭佛雷家的小姐，她是社会上的红人，她有感情，她有一双和特·裴里公爵夫人一样美丽的脚，或许还有十万法郎进款，而我有朝一日说不定会娶她！最后，她可以使我改善局面，还清我的债。”

“我以为你早发了财呢，”皮安训打断了拉斯蒂涅的话。

“不错，我有两万法郎进款，刚好开销车马。我在纽沁根事件中栽了筋斗，那件事改日再谈罢。我嫁了两个姊妹；我和你相识以后挣的钱，这是最显著的一笔。但我宁可给她们作陪嫁，不愿意自己有十万法郎利息。现在怎办呢？我野心勃勃，和纽沁根太太混下去有什么出路呢？再过一年，我就象图书似的给编了号，插上架，跟一个结了婚的人一样。结婚与独身的不愉快，我全有，两种生活的便宜却是连半点都沾不到；老钉着一个女人就会碰到这种僵局。”

“哎！难道你以为这一下交了好运吗？”皮安训说。“你那侯爵夫人，我才看不上呢。”

“你的进步思想把你眼睛蒙蔽了。倘若特·埃斯巴太太变了一个拉蒲尔登太太①……”

“告诉你，朋友，贵族也罢，布尔乔亚也罢，反正她没有灵魂，永远是个自私自利的典型。相信我罢，医生看人看事都有经验；我们之中最厉害的，查验身体的时候会把灵魂也查验出来的。咱们今晚在她客厅里消磨了一个黄昏，尽管客厅那么漂亮，公馆那么富丽堂皇，侯爵夫人可能欠着债呢。”

“你怎么知道？”

“我不是断定，只是猜测。她提到她的灵魂，好似路易十八提到他的感情一样的虚假。听我说，这个又娇又白，长着栗色头发，为了要人哀怜而无病呻吟的女人，骨子里身子象铁打的，胃口好得象狼，气力之大和性格的卑鄙象老虎。要说拿绫

① 拉蒲尔登太太为巴尔扎克小说中人物，是个贤淑贞洁，很有才学，喜欢卖弄的布尔乔亚女子。

罗绸缎来遮盖一个骗局，谁也及不到她遮盖得好。唉，我把她看透了。”

“皮安训，你真使我害怕！咱们在伏盖公寓分手以后，难道你人情世态阅历了不少吗？”

“是的，朋友。从那个时期以后，什么傀儡，木偶，纸人纸马，我见得多了！这般漂亮太太的作风，我也略微知道一些：因为做医生的要保护她们玉体康健，或是照顾她们最贵重的东西——儿女，倘若她们喜欢儿女的话，或是保护她们永远爱惜的容颜。你深更半夜守在她们床头，花尽心血挽救她们的姿色，不管身上哪个部分变了样，都得替她们想办法；事情成功了，还得守口如瓶，替她们保守秘密；过后她们看到账单，却认为你大敲竹杠。谁救了她们的？不是你，而是她们的先天充足！她们非但不颂扬你，反而到处说你坏话，不敢介绍你替她们的好朋友们治病。朋友，你说那些妇女是天仙下凡；我却见惯她们拿下装腔作势的面具，赤裸裸的显出她们的真心情，正如见惯她们剥下遮盖身体缺陷的衣服，既没有胸褡，也没有功架，那才不美呢。咱们搁浅在伏盖公寓的时代，已经在社会的海洋底下看到不少石子，不少垃圾；其实那不算一回事。一朝进了上流社会，我遇到些穿绸著缎的人妖，戴白手套的米旭诺，高官厚爵的波阿莱，比高勃萨克老头放高利贷放得更精明的王公大臣[①]！而可耻的是，我想跟德行握握手的时候，竟发见他们在顶楼上冷得发抖，受着毁谤，靠一千五百法郎年金或

① 巴尔扎克在另一部小说《高老头》中描写欧也纳与皮安训青年时同住伏盖公寓的生活。米旭诺，波阿莱，高勃萨克均为《高老头》中的角色。高勃萨克且另有专篇描写。

薪水，过着吃不饱饿不死的生活，还被认为疯子，怪物，蠢东西。不错，你的侯爵夫人是一个当令的红人，可是我就讨厌这等女人。让我把理由说给你听。一个心胸高尚，趣味纯洁，性情柔和，感情丰富，生活朴素的女子，在社会上绝对没有走红的机会。你自己去下个断语罢！一个当令的女子和一个当权的男人是一类的，只有一点差别：就是使一个男人爬得比别人高的那些长处，能够造成他的伟大，造成他的光荣；一个称霸一时的女子所靠的本领却是可怕的恶习；她为了遮掩本性，变得凶狠阴险；为了在交际场中勾心斗角，必须在娇弱的外表之下有铜筋铁骨般的身体。用医生的眼光看，胃纳健旺的人，心地决不会好。你那时髦太太毫无感情，只是如醉若狂的寻欢作乐，因为要替她冷冰冰的天性找点儿暖意；她需要刺激，需要享乐，好比一个老头儿站在歌剧院的脚灯前面出神。因为她主意多于感情，所以把朋友和真正的爱情一齐为自己的霸业牺牲，象一个将军为了要打胜仗，不惜把最忠诚的心腹送上火线。走红的女人不能算女人，既不是母亲，也不是妻子，也不是爱人；用医学的术语说，只是一个阴性的头脑，只有一肚皮的心计。因此一切残酷的特征，你那侯爵夫人应有尽有；她有鸷鸟的嘴巴，明亮而冷酷的眼睛，甜蜜的言语；她象机器上的钢铁一般光滑，她能打动一切，就是不能打动你的心。”

“皮安训，你的话的确有一部分很对。”

“哪里是一部分！简直没有一句不对。她用那种教人难堪的礼貌，要我体会到贵族与我们之间的距离：你以为这种侮辱不刺伤我的心吗？一边想到她的目的，一边看她象猫儿似的跟你亲热，难道我不深深的觉得可怜吗？一年之后，要她写个字条帮我一点儿小忙都不用想，可是今晚上她对我眉开眼笑，无非因为她的官司落在我舅舅手里，以为我在舅舅面前有些作用……”

“那末，朋友，你是不是更喜欢她对你不客气？我承认你把时髦女子骂得很对，但你没看到我真正的问题。我理想中的太太始终是特·埃斯巴夫人一流的，而决不是世界上最贞节，最安静，最多情的女子。娶一个天使吗？那就得躲到穷乡僻壤去享你的清福。一个干政治的人的太太，必须是一架干政治的机器，一架会恭维奉承，鞠躬行礼的机器，她是野心家所用的第一件工具，最忠心的工具，也是一个代你火中取栗而不会连累你的朋友，随便否认她也没关系。假定摩罕默德生在十九世纪的巴黎，他一定娶一个洛昂家的小姐[①]，千伶百俐，花言巧语，象一个大使夫人，足智多谋象费加罗。你说的那种多情的妻子帮不了你一点儿忙，一个当令的太太使你要什么有什么。倘若一个男人没有金钥匙能打开所有的门，时髦太太便是划破玻璃的金刚钻，替你把所有的窗都打开来。安分守已的德行只配布尔乔亚有的，野心家自然免不了野心的罪恶。并且，象朗日公爵夫人，莫弗利原士公爵夫人，杜特莱夫人[②]等等的爱情，你以为不能给你极大的快感吗？你才不知道这些女人的严厉矜持，冷若冰霜的态度，反而使她们给你的些少感情格外显得可贵！看到雪地里长出一朵雁来红是多么可喜啊！她们掩在扇子后面对你嫣然一笑，把平日威严庄重的架子都放下了；这一笑可抵得上你布尔乔亚女子的全部恩爱，你说那种恩爱是由

---

① 洛昂为法国历史上的旧世家，祖先为布勒塔尼之王。

② 以上诸人均为散见于巴尔扎克小说中的上流社会女子。

于忠诚来的，其实还大有问题，因为爱情方面的忠诚跟投机很相近。何况一个时髦太太，一个勃拉蒙－旭佛雷家的小姐，也有她的长处。那就是财产，势力，光华，瞧不起一切低级东西的眼光……”

“谢谢罢，”皮安训回答。

拉斯蒂涅笑道：“老糊涂！得了罢，别这么俗气，学学你朋友台北兰的榜样，想法去挣一个爵位，得一个勋章，进贵族院，招几个公爵做女婿。”

“这话才是见鬼呢……”

“呦！呦！原来你只有在医道方面高明；太可惜了。”

“我恨这一类的人，最好来一次革命把这般东西斩草除根。”

“那末，亲爱的劳白斯比哀①，你明儿不去找你姑丈了吗?”

“去的，”皮安训回答。“为了你，要我到地狱里去打水也行……”

“好朋友，你真使我感动；我发过誓，非要把侯爵办到禁治产不可！嗳，我还挤得出一滴少年时代的眼泪来感谢你呢。”

“可是，”皮安训接着说，“我不能保证你在约翰·于勒·包比诺那儿如愿以偿。你才不知道他的脾气呢。后天我一定带他去见侯爵夫人，让她自个儿去拉拢罢，只要她有本领。我可不信她会成功。不管有多少公爵夫人，多少山珍海味，或是多少断头台上的铡刀摆在他面前，他都不会动心；哪怕王上答应

① 劳白斯比哀为法国大革命的领袖之一，因皮安训说到革命，故拉斯蒂涅以此讽之。

他进贵族院，上帝答应他做天堂的长老，把炼狱里的收入给他做薪俸，也休想教他把秤盘里的码子加减一个。他这个法官是铁面无情的。”

两个朋友到了加波西纳大街的拐角儿上，正对着外交部。

皮安训指着部长官邸笑道：“喂，你不是到了府上了吗?”又指着一辆街头的马车说：“我的车也在这儿了。这两句话把咱们的前程包括尽了。”

“你将来能躲在水底下自得其乐，我却永远要浮在水面上跟暴风雨斗争，我沉下去的时候会到你的岩洞里来借宿的，朋友!”

“星期六见!”皮安训回答。

“好罢，”拉斯蒂涅说。“包比诺的事，你答应我了?”

“是的，只要不违背我的良心，我总尽量帮忙。这个禁治产的要求，幕后也许还有曲折离奇的故事，象我们在穷途落魄的黄金时代说的特拉摩喇嘛①。”

拉斯蒂涅眼看街车去远了，心里想；“唉，皮安训这家伙永远是个老实人。”

---

① 皮安训与欧也纳·特·拉斯蒂涅念大学的时期，同住伏盖公寓；公寓中人常于每字末尾加喇嘛二字以为笑谑，“特拉摩喇嘛”乃以“特拉姆”(戏剧)一字变形而成。

# 二　大家判断错误的一个法官

皮安训早上起来，想到朋友托的那件尴尬事儿，不禁对自己说："拉斯蒂涅要我办的交涉麻烦透了。但我从来没向舅舅请托过什么官司，我倒替他尽义务看了上千病人。再说，咱们向来无所顾忌。他会老实告诉我去还是不去，那不就完了吗？"

那位名医自言自语说了这几句，清早七点便上福阿街去了，那儿就住着塞纳州初级法院推事约翰·于勒·包比诺先生。

福阿这个字古义是干草。十三世纪时的福阿街在巴黎是最出名的。正当阿倍拉与奥尔松两人①的言论震动学术界的时代，巴黎大学的各个学院都在那里。如今它可是第十二区最脏的一条街了，而第十二区又是全巴黎最穷的一个区域②；三分之一的居民冬天都没有取暖的木柴；送进育婴堂的孩子，送进

---

① 阿倍拉（1079—1142）与奥尔松（1362—1428）均为法国史上有名的神学家；阿倍拉并以热恋哀络绮思一事有名于文学史。

② 巴尔扎克时代之巴黎第十二区即今之第五区，亦称拉丁区。

医院的病人，在马路上要饭的，在街头巷尾拾荒的，靠着墙根晒太阳的病病歪歪的老头儿，在广场上闲荡的失业工人，带进违警法庭的被告，大多数是第十二区出身。

这条终年阴湿，阳沟中老是有染坊的黑水向塞纳河流去的街，中段有一幢老屋子，四边石头，中间砌砖，大概在法朗梭阿一世的朝代重修过的。它的坚固可以用外观来证明，那外观在巴黎的屋子中也不算少见：上面受着三层楼与四层楼的压力，下面有底层厚实的墙脚支持，夹在中间的二层楼便往两边膨胀，象一个人的肚子。虽有石框支撑，各个窗洞之间的墙初看也象要爆炸似的，但善于观察的人立刻会发觉，那是跟蒲洛涅斜塔①一类的屋子，剥落的旧砖旧石始终屹然保持着它们的重心。因为潮湿，底层坚固的石基一年四季都有半黄不黄的色调与若有若无的水珠。沿着墙根走过的行人会觉得有股阴气，月牙形的界石并保护不了墙角不受车轮碰撞。象所有在私人马车没通行以前盖的屋子一样，半圆形的门洞子低得异乎寻常，好似监狱的门。大门右边有三个窗洞，外面装的铁丝网那么细密，窗上的玻璃又那么肮脏，灰那么多，闲人休想看出里头三间潮湿而黑暗的屋子作什么用的。左边也有同样的两个窗洞，其中一个，窗有时打开着，让你看到门房，门房的老婆，门房的孩子，挤在一块叫叫嚷嚷，或是作活，或是煮饭，或是吃饭；房内铺着地板，装着板壁，一切都破烂不堪；从外面进去先得走下两个磴级，足见巴黎街面逐渐在增高。大门与楼梯间之间，有一条长长的甬道，弓形的顶上架着刷白的梁木；下雨

---

① 斜塔不独比士有之，蒲洛涅亦有二斜塔，建于十二世纪初，唯倾斜不及比士之甚。

天有什么过路人进来躲雨，一定忍不住要看看屋子的内部情形。甬道左边有一个小方园子，深与宽都只够你跨四大步，葡萄架上并没葡萄藤；除了两棵树以外也没别的植物；树荫底下的黑泥地上只看见废纸，破碗，破布，和屋顶上掉下来的石灰与瓦片；泥土的性质是长不出东西来的；墙上，树身上，树枝上，日积月累，布满着一层灰土，象煤烟结成的胶。一正一厢的两幢屋子全靠这小园取光：园子的另外两面，是隔邻两所柱头露在外面的房屋，衰败破落，大有坍毁之势，每层楼上都有些特殊的标记说明房客的职业。这儿是用长竿子晾着大绞染色的毛线；那儿是绳上挂着洗过的衬衣，高头又是些木板，摆着装好书脊，四边才刷过仿大理石花纹的书；女人们唱着歌，男人们打着唿哨，孩子们大声嚷嚷，木匠锯着板子，铜匠在车床上吱呀吱的车铜片：所有的手工业都凑起来发出声响，因为工具繁多，闹得震耳欲聋。那个所谓过道，既非院子，亦非园子，也不是穹窿形的走廊，可是都有点儿象；它的构造是两旁立着许多木柱，木柱底下是石础，每两根柱子的会合点是尖形的。两个拱门朝着小花园，另外两个正对大门；从这两个拱门向里边望去，可以看到一座木楼梯：铁栏杆的形状非常古怪，可见当年一定是镂刻极精的；老朽的磴级走上去摇摇欲动。每个公寓的门洞子上全是油腻，积垢，和灰尘，整个儿变成棕色的了；门倒有内外两重，包着丝绒，镀金剥落的钉子排成菱形。这些豪华的遗迹，说明路易十四时代的住户不是什么大法官，就是什么有钱的教士，或是管田地买卖的收税员等等。但今昔的对比只能教人看了华丽的陈迹发笑。

约翰·于勒·包比诺先生住在二层楼上；巴黎屋子的二楼

原来就光线不足，这儿因为街道狭窄，更显得黑暗。但这个古老的住所，第十二区的居民没有一个不认识。上帝使这里住着这位法官，简直是对众人的一种恩赐，正如地上长着百草，让大家拿去医治或减轻百病一样。以下我们要把娇艳的特·埃斯巴夫人想笼络的人物先来一个速写：

包比诺先生因为是法官，经常穿着黑衣服；在一般看人只看外表的人，这服装便是使包比诺显得可笑的原因。谁要保持穿黑衣服的威严，非时时刻刻注意整洁不可；而我们这位包比诺先生偏偏不能把自己收拾干净，来配合条件最苛刻的黑颜色。永远破旧的裤子很象律师做公服用的帆布，平时坐立的姿势又给添上无数的皱纹，有些地方还能看出发白、发红、发亮的条子，表示穿的人不是俭省到极点，便是穷得满不在乎。粗劣的羊毛袜，套在走样的鞋子里搅成一副怪样子。内衣在柜子里放久了，有了似红非红的色调，说明故世的包比诺太太喜欢多买衬衫；她大概照荷兰人的习惯，一年只洗两次衣服。法官的背心和外套，跟裤子、鞋子、袜子、内衣，完全调和。他觉得不修边幅是最快乐的事：一件新衣服第一天穿上去，他一眨眼就把它染上污迹，跟全部装束打成一片。老头儿直要厨娘告诉他帽子旧得不能再戴了，才去买新的。领带老是听其自然，蜷在那里。打绉的衬衣领口，被公服上的胸饰搅得一团糟，从来不加整理。灰色的头发是不梳的，胡子一星期只剃两次。从来不戴手套，平时喜欢把手插在空所无有的背心袋里；袋口很脏，差不多永远是破的，使他的衣冠不整多添了一个项目。凡是常在巴黎法院进出，对于各种黑衣服的式样见识最多的人，不难想象包比诺的模样。成天坐着的习惯把他的体型改变很多，正如庭上无穷尽的辩诉使法官听得厌倦不堪，连相貌都变了。审判室大都狭窄不堪，建筑毫无气派，要不了一忽儿空气就秽浊难闻：一般巴黎的法官在这等地方待久了，当然会显得愁眉苦脸，一方面因为聚精会神而满面都是皱痕，一方面因为烦闷而郁郁不乐；皮肤憔悴了，不是发青便是发黑，看各人性格而定。总而言之，只要过了相当时间，便是年富力强的青年也会被磨成一架没有血色的机器，专办等因奉此的公事，把法典应用到各种案子上去，象时钟的齿轮一样冷静。

所以上天既给了包比诺一副不讨人喜欢的长相，法官的职业更不会使他的外表变得好看一些。他的骨骼教你看到它的线条很不调和。跟大膝盖、大脚、大手成为对比的，是一张教士般的，跟小牛面孔有些仿佛的脸，没有血色，非常和善，简直毫无精神，配上两只颜色不同的没有光彩的眼睛，一个毫无曲线的坍鼻子，扁平的额角，最后是两只其大无比的耳朵软绵绵的往下挂着。细而稀少的头发，在好几处头螺不规则的地方让人看到脑壳。这张脸只有一个特点能引起看相的人注意，就是嘴唇有一股象神明一样慈悲的气息。那是非常厚实的，颜色鲜红的嘴唇，皱纹多得数不清，曲折很多，翕动不已，表现他有高尚的感情；那是直接跟你的心说话的嘴唇，显出他天资聪明，头脑清楚，目光深刻，心地纯洁。因此单从他瘪陷的额角，无精打采的眼睛，和寒伧的举止上面去判断，你就会误解他的为人。

他的生活和相貌是一致的：忙着一些默默无闻的工作，藏着圣者一般的德行。因为法学深湛，在一八〇六与一八一一年拿破仑改组司法机构的时候，经刚巴赛莱斯的推荐，他就成为巴黎高等法院最早的一批推事之一。但包比诺不会弄手段，从来不上大法官或司法部长的门，所以每次更改办法或是有什么人事调动，部长总把包比诺的职位降低一次。从高等法院降到初级法庭，他被善于钻谋与活动的人直挤到司法官的最低一级。终于有一天他被发表为助理推事！法院中人哄哄起来，异口同声的嚷着："哎哟！包比诺降做助理推事了！"这件不公道的事使律师，执达吏，全司法界的人都大为诧异，只除了包比诺一个；他一点不叫屈。轰动过一阵，大家又觉得世界十全十美，一切的事也安排得十全十美；而所谓十全十美的世界，不用说便是司法界。包比诺就是这样的当着助理推事。直到王政复辟时代一位最有名的司法部长登台，才替那个不声不响，谦恭退让，被帝政时代的大法官们徇私枉法，压在底下的人，出了一口气。当了十二年助理推事以后，包比诺大概到死也不过是一个塞纳州法院的普通法官了。

要解释一个法律界中的优秀人物怎么会侘傺不遇，先得提到几个要点：根据那几点，我们可以揭露他的生活与性格，同时也可在司法界这架大机器里头看出某些关键。包比诺被塞纳州法院前后三任院长列入侦查吏一类，这倒是把意义表示得很恰当的独一无二的名辞。他在同事中间并没靠了以前的成绩而得到能干的名气。正如画家被人分门别类一样，包比诺也有人替他决定了归宿，划定了他在本行中的范围。一个画家不是被认为风景画家，便是被认为肖像画家，或是历史画家，或是海洋画家，或是日常小景画家；做这种分类工作的也有艺术家，也有鉴赏家，也有愚夫愚妇；这个是由于妒羡，那个是由于成见，另外一个是凭着批评家万能的权威，一致替画家的聪明智慧树立栅栏，以为所有的头脑都有些肉茧；凡是作家，政治家，和一切以特殊才能显露头角而尚未被称为全才的人，都得受到这种狭窄的判断。殊不知法官，律师，诉讼代理人，一切在司法园地中吃饭的人，对任何一件案子都看到两个因素：一个是法律，一个是公道。公道是根据事实来的，法律是把一些原则应用于事实。一个当事人可能在公道方面是对的，在法律方面是错的，而责任倒也不在推事身上。良心与事实之间有个神秘的区域，藏着一些有决定作用的、法官不知道的、分别是非曲直的理由。法官并非上帝，他的责任是拿事实去适应原则，用一个固定的尺度去衡量变化无穷的争执。倘若当了法官就有本领窥透人的良心，辨别人的动机，而来一个公平合理的判决，那末每个法官都是了不起的大人物了。法国需要六千名左右的推事，而任何一代都产生不出六千个大人物为社会服务，更不可能替司法界找到这个数目的人才了。在巴黎的文明社会中，包比诺的确是一个极能干的推事；靠了特殊的天赋，也靠了他把法律条文放到事实中去琢磨的结果，他认为不假思索的硬性的运用是有缺点的。他凭着法律方面的真知灼见，看透当事人用来遮盖真情的，指东说西的谎话。法官之中的包比诺等于外科医生中的台北兰，他把人的良心看得雪亮，好比那位名医把人的身体看得雪亮。他的生活和操守，使他把事实推敲之下，能体会到别人最隐蔽的思想。他发掘一件案子，仿佛居维哀发掘地球上的泥土。和那位大思想家一样，他未下结论之前，必先一步一步的推论，把别人过去的心理全部挖出来，犹如居维哀把一只上古时代的野兽重新拼凑起来。为了一份报告，他常在半夜里惊醒，因为脑海中突然映出了事情的真相。

无论什么官司，老实人无处不吃亏，坏蛋无处不沾光，这种不公平的情形，包比诺见得多了，所以遇到需要猜测的案子，他往往为了公道而违反法律。同僚们认为他不切实际，而他细细推敲得来的理由也使辩论的时间拖得很长；包比诺发觉同僚们听得厌倦了，便把自己的意见说得很简略。大家说他对这一类案子判得很糟；但他鉴别天赋之高，判断之明白，眼光之深刻，被认为特别胜任预审推事那种辛苦的职务。因此他一生大半都当着预审推事。虽则他的长处很适宜于干这个艰苦的生活，虽则在喜欢他当这个职位的人心目中，他以深刻的犯罪学者闻名，但因为心地慈悲，他老是非常痛苦，被良心与怜悯象一把钳子似的夹在中间。尽管预审推事的薪水比民庭推事高，但委屈太多，谁也不想要这个缺分。包比诺却为人谦卑，品学俱优，毫无野心，只知道孜孜矻矻的办事，从来不抱怨自己的前程。他把个人的嗜好与同情心为公众的福利牺牲：让人家把他放逐在刑事侦查庭的浅滩上，保持着恩威并用，宽猛兼施的作风。在侦查期间，他手下的执达吏把被告从推事室押回临时看守所的时候，往往给犯人一些买烟草的零钱，或是冬季御寒的衣服。总之，铁面无私的法官和怜贫恤老的善士，包比诺是同时做到了。因此谁也不能象他那样不用手段而很容易的得到被告的招供。并且他的观察十分精细。表面上头脑单纯，心不在焉，和善到近于痴騃的程度，他可是能识破苦役犯的狡计，不上刁猾的妇女的当，把流氓坏蛋收拾得服服帖帖。他的目光还被一些特殊情形磨练得非常尖锐；但要说出那些情形，先得了解他的私生活：因为法官在他不过是对外的一个面目；他还有更伟大的，很少人知道的另外一个面目。

一八一六，在我们这故事开始以前十二年，正当所谓联盟国军队进占法国与可怕的饥荒两件大事碰在一起的时期，包比诺正想搬出他和太太同样厌恶的福阿街，不料被任为特别委员会主席，负责救济本区的灾民。这位才能卓越而被同事们认为头脑不清的法学大家，犯罪学专家，五年以来已经发见司法的后果，可是还没找出原因。在顶楼上进进出出，目击穷苦的情形，研究那些残酷的境遇如何逼迫穷人们一步一步走向为非作歹的路，又把他们的奋斗衡量之下，他不禁大为同情，由法官一变而为梵桑·特·保尔①，专门救济贫病的成人与工人了。当然，他不是一下子转变的。做好事也会拖人下水，象吃著嫖赌一样。但救济事业的蛀空一个圣者的荷包，正如轮盘的玩艺儿使一个赌徒倾家荡产，都是慢慢儿来的。他从这个苦难看到那个苦难，因施舍这个而施舍到另外一个；等到一年之后，公众灾难的披挂，遮盖恶疮的破烂衣裳统统被揭开的时候，他就变了一区里的上帝。他是慈善委员会委员，救济会会员，凡是尽义务的职司，都接受下来，不声不响的干着，正如那个短外套到菜市上和一切有饥饿的人聚集的地方去施粥一样②。但包比诺的活动范围更大，更高一级：他什么都照顾到，预防罪案的发生，替失业工人找工作，替残废老弱安排生活；一切遭遇不幸的人，他都按照实际情形援助：为寡妇作顾问，保护无家可归的儿童，借资本给小本经营的商贩。但是法院里，巴黎城里，谁也不知道包比诺这种私底下的生活。世界上有些光彩太

① 梵桑·特·保尔为基督旧教中的圣者，生存于十六至十七世纪之间，以创办救济事业有名于史。

② 王政复辟时期，巴黎有个穿蓝色短外套的怪人，在新桥附近向穷人施粥。大家即以短外套三字称呼此人。

强了，会使人眼花缭乱，急于要把它遮盖起来。受法官恩惠的都是白天作工的人，晚上累得要死，没有精力再去四处颂扬他；而且他们象孩子一样的忘恩负义，因为负欠太多，永远还不清的了。此外也有限于能力而忘恩负义的。但施恩望报而自以为了不起的善士，又能给人什么好处呢？

无声无臭的使徒生活到了第二年，包比诺把底层有三个装着铁丝网的窗洞的货房改作了接见室。大房间的墙壁与天顶都用石灰刷白，家具是一些象学校用的木凳，一口粗劣的柜子，一张胡桃木书桌，一张靠椅。柜子里放着日记簿，做好事的文件，以及开面包发票的样张。他事无巨细，一律象作买卖似的登在账上，免得因软心肠而受骗。区里的穷人在册子上都给编号，归类；每个受难的人都有详细记载，好比商人账簿上的各种客户。遇到一个需要救济的家庭，或是某人有什么可疑的地方，法官就由手下的公安机关供给材料。男当差拉维安纳等于他的副官；他们俩简直是天生的主仆。东家在法院里办公，仆人上当铺去赎当或者解利息，连最不安全的地方都敢去。夏季从早上四点到七点，冬季从六点到九点，楼下大房间里都挤满着女人，孩子，贫民，等包比诺接见；因为人多，空气暖烘烘的，冷天根本不用生炉子，只是由拉维安纳在潮气很重的地砖上铺些干草。时间久了，凳子给磨得很亮，象漆过的桃木；半人高的壁上，被这些穷人的破烂衣衫印着没法形容的黑沉沉的影子。可怜的人们对包比诺那么敬爱，冬天早上大门还没有开，他们麇集在街上，妇女捧着热水壶取暖，男人尽量活动筋骨的时候，从来没有一声喁语打扰包比诺的睡眠。捡破布的，过夜生活的，都认得这屋子，常常看到法官书房里深更半夜还点着灯。小偷走过总说："这是他的屋子，"并且决不侵犯。他把早上的时间分配给穷人，白天分配给罪犯，夜晚分配给法院的公事。

因此，包比诺观察的天才必然是双重的：既能够体会穷人的德行，受委屈的好心，合乎道义的行为，默默无闻的忠诚；也能在别人心里找出犯罪的线索，不论轻罪重罪都能寻到蛛丝马迹而获得真相。包比诺得之于父母的遗产每年有三千法郎收入。太太是皮安训的父亲——桑赛尔地方的医生——的姊妹，带来九千法郎年金。五年前她故世的时候，把遗产传给了丈夫。推事的薪水照例很小，包比诺升为正式推事才不过四年：收入那么微薄，行善的规模却那么可观，无怪他自身的用途和生活费要紧缩到最低限度了。并且，不修边幅固然显出包比诺的忙碌，同时也是渊博的学者，如醉若狂的艺术家，活跃的思想家的标记。为补足这幅肖像，我们只消附加一笔，就是在塞纳州法院中，包比诺是没有得到荣誉团勋章的少数推事之一。

两年以来，包比诺又调回民庭当推事，派在第二庭。那次庭长接到特·埃斯巴侯爵夫人申请予丈夫以禁治产处分的状子，便发给包比诺办理。

老清早挤着那么多穷人的福阿街，到九点就冷清清的，恢复平时阴沉悲惨的面目。皮安训紧催着马，以便趁姑丈接见没完毕就找着他。想到这位法官将要在特·埃斯巴太太旁边成为何等奇怪的对比，皮安训不禁微微笑着；但他拿定主意，带姑丈去的时候一定要他穿扮得象个样儿，不太可笑。

进了福阿街，看到接见室的窗洞里射出一些黯淡的灯光，皮安训忽然对自己说："恐怕姑丈连一套新衣服都没有罢。还是跟拉维安纳想个办法的好。”

听到马车声，十几个好奇的穷人从门洞底下走出来，见了医生都纷纷脱帽；皮安训经常为法官介绍的病人义务治疗，所以当时聚在那儿的人对他和对包比诺一样的熟。他发见姑丈还在接待室里；凳上挤满着贫民，那种古怪而难看的服装，连最没艺术家气息的闲人见了，也会当街停下来瞧一眼的。更不用说，一个素描家，一个伦勃朗①，——假如现在还有这样的人物，——看见这些不声不响的，赤裸裸的灾难的标本，一定会作成精美的构图。这儿，是一个神情严肃的白须老人，打皱的脸，使徒式的头颅，活脱是个圣·比哀；一部分袒开着的胸脯，青筋暴突，明明是使他担当可歌可泣的患难的，性格坚定的标识。那儿，一个少妇把奶头塞在最小的孩子嘴里，免得他叫喊，膝间还带着一个五岁光景的孩子。在破衣烂衫中光彩焕发的乳房，皮肤透明的婴儿，从姿势上可以看出长大以后的模样的哥哥，和一长排冻得通红的脸比较之下，格外动人怜爱。再远一些，一个脸色苍白冰冷的老妇，露出愤懑的贫民阶级的丑恶的面目，专等暴动的机会来泄忿。其中也有年轻的工人，娇弱，懒惰，聪明的眼睛显出他颇有些出众的才能被无法克制的本能压着，对自己的痛苦只字不提，预备在互相残杀的苦海中逃不出来的时候一死了事。在场大多数是妇女；丈夫作工去了，让老婆凭着女性的聪明来替一家老小求情；而且在平民阶级里，做妻子的差不多永远是一家之主。你可以看到所有的头上都是破烂的头巾，所有的身上都是四边沾满污泥的衣服，东

① 伦勃朗（1606—1669）为荷兰大画家，以遒劲的线条，光暗强烈的对比，刻划众生相，所作铜版镂刻尤多以贫苦人士为对象。

破一块西破一块的颈围，肮脏而全是洞眼的短褂，可是眼睛炯炯有神，象两朵火焰。这一大堆丑恶的人使你先觉得可憎，继而觉得可怕，因为你无意中发见这些人对生活斗争所取的隐忍的态度，原来是有心赚取人家同情的。不大通风的屋子内布满着臭秽之气，两支蜡烛的光象在大雾中摇摇晃晃。

法官的模样在这批人里头也同样的富有画意。头上是一顶土红色的布帽，身上是一件室内穿的破袍子，没有戴领带，冻得通红而打皱的脖颈，很显著的耸在经纬毕露的领子外面。因为专心一意的缘故，疲倦的脸有些傻头傻脑的神气。象一个用心作事的人一样，他撮尖着嘴巴，仿佛一只口子收紧的钱袋。双眉紧蹙，似乎负担着别人告诉他的全部心事。他在那里体会，分析，判断。他聚精会神不下于放印子钱的债主，不时从账簿与资料册上举起眼睛，直看到人家的心里去，观察的迅速，和吝啬鬼动辄不安的心理变化一样。拉维安纳站在主人后面听候差遣，一边维持秩序，一边招待新来的人，鼓励他们不要怕羞。医生一出现，凳上的人都不免把身子挪动一下。拉维安纳掉过头来看到皮安训，不由得大为惊奇。

“啊！孩子，原来是你！”包比诺伸着胳膊说。“这个时候你来干什么？”

“我有件案子跟你谈谈，怕你今天没遇到我就出去调查了。”

法官对一个站在身旁的小胖女人说道：“你要不把事情告诉我，我可猜不到啊。”

拉维安纳也催她：“快点儿，别耽误别人的时间。”

那女的红着脸，放低着声音只让包比诺和拉维安纳两个人听见；她说："先生，我是卖水果的，把最小的娃娃寄养在外面，欠了几个月的寄养费；所以我藏着一些钱……"

"可是被丈夫拿去了？"包比诺已经猜到下文。

"是的，先生。"

"你叫什么名字？"

"蓬蓬纳。"

"你的丈夫呢？"

"他叫多比奈。"

"住在小银行街的是不是？"包比诺一边说一边翻着资料册，看到那一户的专栏旁边批着几个字，又道："嗯，他关在牢里呢。"

"那是为了债务，我的好先生。"

包比诺摇摇头。

"先生，我手车上没有东西可卖了；昨天房东逼我付了房钱，要是不付，我就得被撵走。"

拉维安纳伛着身子和主人咬了一会耳朵。

"你上菜市去批水果要多少钱呢？"

"先生，倘若这买卖要做下去就得……是的，就得十个法郎。"

法官向拉维安纳做了个暗示，拉维安纳便从一只大布袋里掏出十法郎交给那女的，同时法官把贷款登账。皮安训看着卖水果女人快活得浑身打颤的动作，就想象她从家里到这儿来见法官的路上，心里一定是非常焦急的。

"轮到你了，"拉维安纳招呼一个白胡子老人。

皮安训把当差的拉过一边，问他还要多少时候接见完毕。

拉维安纳回答：“今天一共有二百人，现在还剩八十个。医生你还来得及先跑几处出诊呢。”

“孩子，”法官转身抓着皮安训的手臂，“我给你两个靠近这儿的地址，一个是塞纳街，一个是弩箭街。塞纳街有个女孩子自杀，弩箭街有个男的需要送到你医院去。我等你回来吃早点。”

一小时以后，皮安训回来了。福阿街上已经空荡荡的没有人，天也开始亮起来；包比诺正在上楼，最后一个受到周济的穷人刚走，拉维安纳手里的钱袋给掏空了。

“那两个人怎么啦？”法官在楼梯上问医生。

“男的死了；女孩子还有救。”

自从没有女主人经心照料以后，包比诺家里的景象就跟主人的相貌完全一致了。脑子里被一个主要的念头盘踞着，他的杂乱无章在所有的东西上都留着特殊的痕迹。到处是成年累月的灰尘，动用器物都改变了用途，显出单身人的巧思。花瓶里塞着纸张，家具上摆着空墨水瓶，忘记拿走的盘子，和急急忙忙找东西的时候当作烛台用的火石；好多用具是预备搬动位置而只搬了一半的；有些地方堆满了杂物，有些地方完全空着，表示主人本来想整理而中途撂下了。这种混乱现象在法官的书房里特别显著，证明他一刻不停的走来走去，忙着层出不穷的事，到处拖拖拉拉的搅得一团糟。书架好象遭了洗劫，书东一本西一本的摊在那里：有的叠在另外一本书上，有的打开着合扑在地下；卷宗沿着书架排着，把地板占满了。地板已经有两年没擦过。桌子上，家具上，摆着感恩的穷人向教堂许过愿心的证物。壁炉架上供着两个蓝玻璃的喇叭形花瓶，瓶高头摆着两个玻璃球，球内有各种颜色混在一起，看上去好不古怪。壁上挂着纸花，还有用鸡心的形状与花瓣作成的框子，中间嵌着包比诺的姓氏。这里是郑重其事做起来的一无所用的紫檀匣子。那里是一些放纸张的文件夹，式样一望而知是苦役犯的出品。那些耐心的杰作，感恩的匾额，干瘪的花球，使法官的书房和卧室很象卖玩具的铺子。包比诺老人不是把它们作为备忘之用，便是拿零星的笔记，纸条，忘了的笔尖塞在里头。这许多对他的善举表示感激的礼物都尘埃密布，没有一点儿新鲜气息。几个手工很好但是被虫蛀了的禽鸟标本，矗立在这个废物的森林中间：最主要的是一只安哥拉种的猫，包比诺太太生前的爱物，由一个不名一文的标本制造家作得很逼真；他一定是受了些小恩小惠而拿这个不朽的宝物表示感激的。室内还有本区一个感情丰富而才力有限的艺术家替包比诺先生与包比诺太太画的肖像。甚至卧房里凹进去放床铺的地位，也挂着绣花的针线团，用十字花挑出来的风景，折纸拼成的十字架，都是极花功夫的作品。窗帘被煤烟熏黑了，毯子和床帷已经说不出是什么颜色。

在壁炉架与法官办公用的大长方桌之间，有张独脚圆桌，厨娘在上面放着两杯咖啡牛奶。两张马鬃面子的桃木靠椅，摆在那里等着两人去坐。因为窗洞里的光线照不到这个地位，厨娘留下两支蜡烛；长得异样的灯芯结成野菌一般的灯花，射出半红不红的光，使蜡烛燃烧经久，据说那是吝啬鬼想出来的办法。

“姑丈，你到楼下接见室去的时候，应当多穿些衣服。”

“我生怕他们等久了，那些可怜的人！你，你可有什么事找我呢?”

“我来请你明儿上特·埃斯巴侯爵夫人家吃晚饭。”

“是咱们的亲戚吗?”法官问话的神气完全心不在焉，皮安训不由得笑了。

“不是的，姑丈；特·埃斯巴侯爵夫人是一位极有地位极有势力的太太，她向法院递了一张状子，要求对她丈夫来一个禁治产处分，听说那案子分发在你手里……”

“而你要我上她那儿去吃饭吗?你疯了吗?”法官说着，手里抓起一部民事诉讼法。“你念罢，法律规定推事不得在与他经办案件有关的两造家中饮食。她要跟我说话，让她到这儿来见我好了，你那个侯爵夫人！不错，我预备今夜把案子研究过了，明儿去询问她的丈夫。”

他站起来，在一个正好望得见的文件夹里找出一份案卷，看了看摘由，说道：

“卷子在这里。既然你关心那个极有地位极有势力的太太，咱们就来看看她的状子罢。”

包比诺把袍子往中央拉了一下，因为两只对面襟常常扯开去，露出他赤裸裸的胸部。他拿小长方块的面包往冷却的咖啡里浸了浸，捡出状子来一边念着，一边随时停下来和皮安训俩加几句按语和批评。

# 三 状 子

“呈

塞纳州初级法院民庭庭长

具呈人：勃拉蒙－旭佛雷夫人，奈葛勒伯里斯伯爵、特·埃斯巴侯爵、安陶希之妻。

(——嗯，来头甚大!)

身分：业主：

住址：圣·奥诺莱城关街一〇四号：

特·埃斯巴侯爵安陶希先生住址：圣·日内维岗街二十二号。

(——啊！对了，庭长告诉我是在我的区域里!)

诉讼代理人：台洛希……”

“台洛希！哼，那是个包打官司的小讼师，法院和他的同业都瞧不起的，他专门损害当事人！”

“可怜他没产业啊！”皮安训说。“他只能拼命的挣扎，象魔鬼掉进了圣水缸一样。”

“事缘具呈人之夫特·埃斯巴侯爵，一年以来精神与智力大为低落，已达于民法四八六条所谓精神错乱与痴愚不省人事的程度；故为保障其自身及其财产之安全起见，保障在其身畔之儿童之利益起见，亟须将民法四八六条所规定的措施付诸实行。

“特·埃斯巴数年来处理家事及产业之作风，已令人对其精神状态深致疑虑，而最近一年之智力衰退尤为可怕。特·埃斯巴之意志首先感受影响，至于意志之低落使其遭受因丧失行为能力所致的种种危险，可以下列事实为证：

“特·埃斯巴侯爵之全部收入，多年来即落于耶勒诺太太母子之手；此举既无利益，亦无任何理由可言。耶勒诺太太为一公认为奇丑无比之老妇，时或居住佛黎里哀街八号，时或居住塞纳-玛纳州格莱镇维勒巴里齐地方；耶氏之子今年三十六岁，曾任前帝国禁卫军军官，现由特·埃斯巴侯爵保举，充任王家禁卫军装甲骑兵队中队长。以上二人于一八一四年时贫无立锥之地，但竟先后购置价值巨大之房产，其中一所且系最近购进，坐落于凡尔德街；耶勒诺先生今方大兴土木，将来拟与其母亲迁入居住，且准备作为婚后住宅。装修费用目前已达十万法郎以上。耶勒诺先生之未婚妻，系与特·埃斯巴侯爵有往来之银行家蒙日诺先生之侄女；婚事全由侯爵许耶氏获得男爵封号，撮合而成。此项爵位经侯爵设法，去年十二月二十九日即蒙王上正式颁布诰命；倘钧院需要证明，不妨径向司法部长谘询。

“按侯爵与寡妇耶勒诺太太及其子耶勒诺男爵均甚少见面；但两人对侯爵影响极大，每次需用银钱，即使为满足个人嗜好之不必要的花费，侯爵亦无不应承；此种感情实难理解，纵使以法律与道德均难容忍之理由推想，亦无法解释……”

念到这里，包比诺说道：“哎！哎！法律与道德均难容忍之理由！那代理人，或者他的帮办，写出这种句子来，暗示什么呢？”

皮安训听着笑了。

“……侯爵对此母子二人予取予求，甚至在现金周折不灵之时托蒙日诺先生出面签发约期票；关于此点，蒙日诺先生愿为具呈人作证。

“此外尚有一事可为旁证：不久以前，特·埃斯巴侯爵出租农田之契约适告期满，原佃户为续租起见，已预缴为数可观之租金，讵耶勒诺先生立即令其解除租约。

“有人向特·埃斯巴侯爵提及此等用途时，侯爵似已不复记忆，可见其支付款项并未取决于意志，每逢正当人士向其谈及对此二人之热心，侯爵之答复表示其对自己之思想与利益已完全置之度外。故其中必有不可思议之原因，敢请司法当局赐予注意。侯爵之行为倘非被人以欺诈与威逼之手段促成，即有可请法医鉴定之病理的原因，或竟由于精神受人魅惑，处于所谓勾魂摄魄的情形之下，致行动不能自主……”

包比诺停下来说道：“见鬼！你做医生的怎么说？这些事奇怪透了。”

皮安训回答：“那可能是一种磁性作用。”

“敢情你也相信梅斯美的胡说八道，相信他的什么木盆，和隔墙见物等等的玩艺儿吗?”①

“是的，姑丈，”皮安训一本正经的回答道，“听你念着这个状子，我就想到了。告诉你，在另外一个领域中，我亲自考查过，并且证实过，一个人随心所欲，支配另一个人的好几桩事实。我跟同僚们意见不同，相信以原动力而论，意志的力量是了不起的。把江湖术士与串通哄骗的玩艺丢开不谈，我也见过不少中了邪魔的例子：在睡眠状态中感受了磁性而答应的事，醒过来以后的确会一一照办。一个人的意志竟可以完全受另一个人的意志支配。”

“是不是包括所有的行为?”

“是的。”

“连犯罪都在内吗?”

“连犯罪都在内。”

“这种话要不是你说的，我才不听呢。”

“我可以教你亲眼目睹，”皮安训说。

法官哼了两声，又道：“假定所谓勾魂摄魄的事真是由于这一类的原因，那也不容易拿到事实，在法律上也难以成立。”

“倘若那耶勒诺太太又老又丑，不可向迩，我就想不出她还有什么别的方法诱惑男人了。”

“可是，”法官接着说，“据我们推算，倘有私情，应当在一八一四年左右开始，那时这女的比现在小十四岁；倘若特·

① 普鲁士人法朗梭阿·梅斯美（1733—1815）为维也纳大学医学博士，认为自然界有一种类似磁性的力量，倡导动物磁性之说，风行一时，尤以法国为盛。

埃斯巴侯爵和她的关系还要早十年，那就得退后二十四年，也许正当耶勒诺太太年轻俊俏的时代；她为了自己，为了儿子的前途，尽可以用极自然的手段笼络侯爵，对他取得一种为某些男人没法摆脱的势力。这势力的根源在法律上固然不能原谅，但人情上是讲得通的。当初特·埃斯巴侯爵和勃拉蒙－旭佛雷小姐结婚的时候，耶勒诺太太或许很生气。现在这件事可能只是女人之间的嫉妒，既然侯爵和太太不住在一块儿已经有多年了。”

“可是姑丈，别忘了她奇丑无比啊！”

“迷人的力量是跟丑陋成正比例的；这是老话了！并且，出天花的人又怎么的呢，医生？——好，咱们念下去再说。”

“……且自一八一五年起，因供给该母子二人所需索之款项，特·埃斯巴侯爵竟携同二子移居圣·日内维岗街，寓所之简陋直玷辱其姓氏与身分。——（嘿，一个人爱怎么住就怎么住！谁管得了！）——侯爵将二子格莱芒·特·埃斯巴伯爵与加米叶·特·埃斯巴子爵幽禁屋内，生活状况与彼等之姓氏及前途均不相称。侯爵经济常感窘迫，房东玛里亚斯德先生最近曾请求法院扣押屋内家具。执行之时，侯爵竟亲出协助，对执达吏招待殷勤，谦恭备至，仿佛对方身分较侯爵更为高贵……”

包比诺和内侄俩念到这里，不禁相视而笑。

“……除有关耶勒诺母子的事实以外，侯爵行事均带有疯狂意味。近十年来，渠所关切之事仅限于中国事物，中国服装，中国风俗，中国历史，乃至一切均以中国习惯衡量；谈话之间往往以当代之事，隔日之事，与有关中国之事混为一谈，侯爵平日虽拥戴王上，但动辄征引中国政治故实，与我国政府之措施及王上之行为相比，加以评骘。

"此种自溺狂使侯爵行为毫无理性，驯至不惜身分，一反平日对于贵族阶级立身处世的主张，经营商业，每日签发约期票；似此行动，实属危害其自身之安全与财产，因一朝身为商贾，拖欠债务即可使其宣告破产。侯爵为刊印分期出版的《插图本中国史》起见，与纸商，印刷商，镌版商，着色员等等订定合同，金额之大，使各该商人均要求具呈人申请予侯爵以禁治产处分，以便保障彼等之债权……"

皮安训叫道："这家伙简直疯了。"

法官道："你认为他疯了吗？得听听他的话再说。一面之词，不足为凭。"

"可是我觉得……"

"可是我觉得，"包比诺接着说，"倘若我亲属之中有人想执管我的产业，倘若我不是一个每天都可以由同僚证明我精神正常的普通法官，而是一个公爵，贵族院议员，那末只要象台洛希那样会玩点小手段的诉讼代理人，就可能进一个状子，把我说成这样。"

"……侯爵之自溺狂使儿童亦蒙受影响，彼等所受教育竟一反常规，学习内容与加特力教义抵触之中国史实，学习中国方言……"

皮安训说："台洛希说这种话，真有点莫名其妙了。"

法官回答："这是他的首席帮办高特夏起的稿！你认得高特夏，他可是不喜欢中国人的……"

"……儿童日常生活中之必需品往往极感缺乏；具呈人虽

一再要求，亦无法与儿童见面；侯爵每年仅率领彼等与母亲相见一次，具呈人屡次设法，亦无从致送生活用品及儿童需要之物……”

“噢！侯爵夫人，你这是开玩笑了。话说得越到家，漏洞越多。”法官把卷宗夹子放在膝上，又道：“你想，天下哪有一个做母亲的人会没有心肠，没有感情，没有头脑，连动物的那点儿本能都没有，以至于一筹莫展的？母亲为了要接近孩子所发挥的机智，决不亚于一个少女安排私情的手段。如果你那个侯爵夫人真要供给孩子们衣食，便是魔鬼也阻拦不了，你说是不是？狐狸的尾巴太长了，瞒不过一个老法官的眼睛的！好，咱们念下去再说。”

“但儿童今已长成，亟需脱离此种教育之恶劣影响，生活享用亦当与其身分相称，同时彼等更不宜经常见到父亲之行为。

“关于上述各点，钧院不难加以证实：特·埃斯巴侯爵常称十二区之简易庭推事为七品官，称亨利四世中学之教员为翰林。——（哼，他们听了生气了！）——事无大小，侯爵均谓在中国即非如此这般；谈话之间倘或提及耶勒诺太太或时事，侯爵即愁容满面，且常自以为身在中国。渠之邻居，例如同住一屋之医学生埃默·倍格，约翰·巴蒂斯德·弗莱弥奥教授，与侯爵往还之下，认为其有关中国之偏执狂，实出于耶勒诺母子之阴谋，意欲藉此使侯爵完全丧失理性，盖耶勒诺太太对侯爵唯一的帮助，仅限于供给一切有关中国之材料。

“具呈人并可向钧院证明，自一八一四至一八二八年间，耶勒诺太太及其子耶勒诺先生所得之款项，总数已不下一百万法郎。

“为证明上开事实，具呈人可提出与特·埃斯巴侯爵经常见面之人作证，彼等之姓名及身分已见上文，其中不少人士并向具呈人建议向法院状请予侯爵以禁治产处分，认为唯如此方能使其财产及二子不致因侯爵行动乖张而蒙受危险。

“以上所述既证明特·埃斯巴侯爵已陷于精神错乱之痴愚状态，具呈人自当请求钧院为执行禁治产起见，迅将本案咨送检察长，并指派推事克日办理……”

包比诺念完了状子，说道：“你看，这里是庭长要我承办这件案子的批示。特·埃斯巴太太有什么事要求我呢？全部事实已经写在这里了。明儿我要带着书记官去讯问侯爵，我觉得这件事蹊跷得很。”

“姑丈，我在公事方面从来没求你帮忙；这一回我替特·埃斯巴侯爵夫人讨个情，可不可以为了她的特殊情形通融办理？要是她到这儿来，你愿意听她的陈诉吗？”

“当然愿意。”

“那末你上她家里去听罢：特·埃斯巴太太身体很娇，带点病态，非常神经质，到你这种耗子窝似的地方来会不舒服的。你晚上去，不必吃饭，既然法律禁止你们在当事人家里吃喝。”

包比诺以为在内侄的嘴角上看到一点讽刺的意味，便道：“法律不是也禁止你们从死亡的病家那儿接受遗赠吗？”

“得了罢，姑丈，单是为了推究事情的真相，也请你答应我的要求罢。你不妨以预审推事的身分去，既然你觉得这件案子不明不白。讯问侯爵夫人不是和询问侯爵一样重要吗？”

“你说得不错，”法官回答。“她自己倒可能是个疯子。好，我去罢。”

“到时我来陪你去；先在日记簿上记下来：明晚九时，访特·埃斯巴太太。”皮安训看见姑丈写好了，又道：“啊，行了。”

第二天晚上九点，皮安训爬上姑丈家全是灰土的楼梯，发见他正在为一件棘手的案子起草判决书。拉维安纳预定的新衣服，裁缝没有送来；包比诺只能穿上满是污迹的旧衣服，教不知道他私生活的人看了这副不修边幅的模样发笑。皮安训要他把领带整了整；替他扣上外套的钮子，故意把右襟叠在左襟上，使一部分比较新的料子露在外面。但法官一忽儿就拿衣摆往上翻起，因为他的习惯老是要把手插入背心口袋，外套前后都破得一团糟，背后正中有一处耸得很高，让人看到腰部的衬衣，不幸皮安训直到了侯爵夫人家里才发觉。

在此我们应当把医生与法官去访问的人物来一个简单的速写，才能使读者了解包比诺与对方的谈话。

# 四　一位时髦太太与包比诺法官的谈话

特·埃斯巴太太七年以来在巴黎非常走红。巴黎的潮流把人轮流的捧起来，压下去，使他们忽而伟大，忽而渺小，一忽儿家喻户晓，一忽儿默默无闻，然后变成一批讨厌家伙，和失宠的阁员与下野的帝王一样。他们老是为了过时的抱负怏怏不乐，一味颂扬过去，而且无所不知，无所不诋毁，无人不认得，跟挥金如土而破产的大爷们没有分别。既然特·埃斯巴太太是一八一五年左右被丈夫遗弃的，出嫁的时代就应当在一八一二年初；而两个孩子也应该是一个十五岁，一个十三岁了。一个做了母亲，年纪已经三十三的女人，靠了什么运气能走红呢？虽说潮流是无理可喻的，谁也不能预言它要抬举谁，而所捧的往往是姿色平常，连高雅大方都成问题的银行家太太之流，但说它会采取以年齿为序的立宪制度，似乎也出于情理之外。其实，当时的风气不过跟大众一样，把特·埃斯巴太太当作一个年轻女子。因为侯爵夫人在户口册上是三十三岁，在夜晚的交际场中只有二十二。

这个成绩可是用多少心血多少技巧换来的啊！安排得很巧妙的头发卷，遮着她的太阳穴。她装做病人，把家里整天弄得半明半暗的，因为唯有从窗纱中透进来的光线才不致损害她的皮色。和狄阿纳·特·博济哀一样①，她用冷水洗澡，睡的是马鬃做的床垫，枕头是摩洛哥皮的，为的要保护头发；她吃得很少，喝也只喝清水，注意自己的动作，免得身体疲倦，日常生活的细节都象修道院里的规矩一样刻板。

这种严格的摄生之道，到了一个大名鼎鼎的，活到上百岁而起居生活仍象少妇一般的波兰女子手里更进了一步，竟用冰水代替凉水，吃东西也吃冷的。那波兰贵妃自以为能和法国史上有名的美人，有些传记家说是活到一百三十岁的玛丽翁·特洛默②一样长寿：年纪近百了，头脑和心仍旧很年轻，脸蛋仍旧妩媚，身腰仍旧迷人；说起话来象枯藤着火，光芒四射；提到当代的人物与作品，动辄以十八世纪的作比较。人住在华沙，帽子非向巴黎的埃尔鲍太太定制不可。虽是朝廷命妇，她倒象小姑娘一般有情有义；游泳，奔跑，不亚于中学生；扑到沙发上去的姿势和风骚的姑娘同样惹人怜爱。她嘲笑人生，不怕死亡。当年她曾经使俄皇亚历山大诧异，现在还能以筵开不夜的局面教尼古拉吃惊。为她倾倒的青年男子照旧被她感动得下泪，因为她年龄的老少可以由她随意支配，待人象多情的女

---

① 狄阿纳·特·博济哀（1499—1566）为法国历史上有名的美女，曾为亨利二世之情妇。

② 玛丽翁·特洛默（1611—1650），为路易十三时代有名的交际花，以姿容绝世与情人众多著称，传记家谓其寿至一百三十岁，其实只有三十九。

工一样有种说不出的热诚。总之，即使她不是童话中的仙女？至少本身就是一篇童话。特·埃斯巴太太可认得这位查雄撒克太太吗？是否有意把她的故事重演呢？不管怎么样，侯爵夫人的确受到这套养生之道的益处，她皮色匀净，额上没有一丝皱痕，身体象亨利二世的情妇一样柔软娇嫩，这些无形的魔力便是使男人爱情专一，欲罢不能的关键。上面所说的很简单的摄生方法，可以说由于艺术与自然的指示，也可以说由于经验的指示，在她身上还得到体格与性情脾气的协助。侯爵夫人对一切与本身不相干的事决不关心。男人只能供她玩乐；凡是身心为之震动而受伤的剧烈的刺激，她是从来不会有的。她没有爱，没有憎；受了伤害，只是很冷静的报复；谁要不幸冒犯了她，她就记在心里，从容不迫的等适当的机会泄忿。她既不慌忙，也不骚动，只管说话，因为她知道一个女人可以用两句话断送三个男子的性命。她看到特·埃斯巴侯爵离家，心中非常欢喜；两个孩子当时已经使她厌烦，日后更会妨碍她的野心；丈夫一走，不是把他们都带走了吗？她的最亲密的朋友和最没恒心的崇拜者，因为没有绕膝的儿女间接泄漏母亲的年龄，都把她当作少妇。众人对于侯爵，对于侯爵夫人在状子上表示那么挂念的两个儿子，其生疏正如水手之于东北航道①。特·埃斯巴先生被认为怪物，对妻子连一星星可抱怨的理由都没有，竟把她遗弃了。

二十岁就独立自由，财产自主，一年有二万六千法郎收

---

① 在欧洲大陆之北，由白令海峡连接大西洋与太平洋的全部北冰洋，统称为东北航路。此路直至一八七八至一八七九年间方由瑞典人诺登乔特初次航行，故巴尔扎克时代之水手只知此航路之名。

入，侯爵夫人却踌躇很久，对生活方针打不定主意。住家的开销仍归丈夫负担，一应家具，车马，仆役，都由她保持原状；但在一八一六至一八一八年间她竟杜门不出；而那几年正是许多家庭受了政治动乱的损害而想法恢复元气的时期。出身既是圣·日耳曼区最有势力最有声望的世家，她父母看到她为了丈夫莫名其妙的怪脾气而被迫分居，也劝她守在家里。

一八二〇年，侯爵夫人从麻痹状态中醒来，在宫廷与应酬场中露面了，自己也在家招待宾客。一八二一至一八二七年间，她排场阔绰，拿风雅和装束引人注意，见客有一定的日子与钟点；不久她又进一步，登上了以前为鲍赛昂子爵夫人，朗日公爵夫人，斐尔米阿尼太太等先后高踞的宝座。斐尔米阿尼太太嫁了特·刚先生，把位置让给莫弗利原士公爵夫人，特·埃斯巴太太又从莫弗利原士手里抢了过来。社会上对于特·埃斯巴侯爵夫人的私生活，所知道的不过是这么一点。她交结一位公爵夫人，公爵夫人姿色出众的名气和她忠实于一位亲王的名气一样大；那亲王当时是个不得意的人物，但老是预备在下一届政府中掌握大权。特·埃斯巴太太还跟一位外国太太做朋友，这朋友有个大名鼎鼎的，足智多谋的俄国外交官替她分析时局。最后还有一个惯于操纵政治的老伯爵夫人，把侯爵夫人当做女儿般收在门下。一切目光远大的人都觉得特·埃斯巴太太正在培养一股隐藏的可是实在的势力，以便代替她靠一时的潮流得来而完全虚空的势力。她的沙龙已经有它的政治作用了。特·埃斯巴太太那儿怎么说呢？特·埃斯巴太太的沙龙反对某一桩措施啊！这一类的话在为数不少的傻瓜嘴里开始传播出去，使她的徒党大有结了帮口那样的声势。某些失意政客，例如无人重视的路易十八的宠臣，和其他预备随时出山的卸任部长等等，被她安慰一番，奉承一番之后，都说她的外交手段和驻伦敦的俄国大使夫人一样高明。侯爵夫人对国会议员或贵族院议员提的几句话，或是什么意见，好几次从讲坛上传遍欧洲。对于某些有关政局的大事，门客不敢轻易开口，她却常常判断得很准确。宫廷中的要人晚上都到她家里来玩韦斯脱。并且，便是她的缺点也有它的长处。她素来以机密出名，事实上也的确如此。大家认为她的友谊经得起任何考验。她对部下的帮助决不半途而废，可见目的不限于营私植党，而尤其在于增加自己的威望。这种行为是完全以她主要的情欲，虚荣，作出发点的。许多妇女极重视的寻欢作乐与情场的胜利，对她不过是手段而已；无论哪方面，只要人生能有多么壮阔的场面，她就要过多么壮阔的生活。在一般年事尚轻，前程远大，公开出入于她门下的人中间，有特·玛赛，特·龙葛洛尔，特·蒙脱里伏，特·洛希·于浓，特·赛里齐，法洛，玛克辛·特·脱拉伊，特·李斯多美，王特耐斯兄弟，杜·夏德莱等等。她往往只招待一个男人而不招待他的太太；她势力已经相当雄厚，尽可对某些野心家提出那种难堪的条件，例如两位有名的保王党银行家特·纽沁根和杜·蒂哀。她对于巴黎生活的利弊研究得非常透彻，所以行事从来不让一个男人有半点儿可要挟她的地方。你想拿到她授人把柄的一封信或是一张字条罢，尽管悬赏征求，包你一无所得。固然她是铁石心肠，因此能把她的角色演得非常自然；但她的外貌对她同样有很多帮助。身腰使她显得年轻，声音可以随心所欲的忽而柔婉，忽而娇嫩，忽而清朗，忽而严厉。她显而易见有那种贵族的姿态，使一个女人能把自己的过去完全抹掉。倘使有个男人偶尔得到她的青眼，便自以为有资格和她亲昵，她自有本领拒之于千里之外，用威严的目光否定一切。谈话之间，伟大而动人的感情，旨趣高尚的决断，仿佛是从纯洁的心中自然而然流露出来的；殊不知她一切都出于老谋深算，要是一个男人在攸关她个人利益而她不以为羞的交涉中应付不当，她立刻会铁面无情的加以惩罚的。

拉斯蒂涅存心和这位太太结交的时候就看出她是一个巧妙的工具，但还没有加以利用；他非但没能力操纵，倒反被这工具压倒了。这位长于斗智的青年冒险家，象拿破仑一样不得不永远作战，知道只要打一次败仗就会断送终身大业，这一下却在保护人身上遇到了一个劲敌。在他骚动的生涯中，这还是破题儿第一遭和一个才力相当的敌手正式对垒。他觉得如果能征服特·埃斯巴太太，当个部长决无问题；所以他没利用她以前，先让她利用；当然，这种开场是很危险的。

埃斯巴的府第需要大批仆役，侯爵夫人的排场也很大。重要宴会在楼下大厅里举行，侯爵夫人自己却住在二层楼上。气概不凡的，装饰得富丽堂皇的大楼梯，颇有当年凡尔赛宫气息的许多精雅的房间，先就显出主人的巨万家私。法官看着内侄的轻便两轮车一到，大门立即打开，便把门房，门丁，院子，马房，屋子的分配，供在楼梯上的鲜花，栏杆，墙壁，与地毯的整洁，很快的打量了一番，又把那些听到铃声而跑出来的，穿号衣的当差数了一数。上一天，他在接待室里从平民溅满泥浆的衣服上估量贫穷的伟大；如今他用同样清明的目光，在走过的各个房间中把家具陈设细细研究，以便发掘出豪华之下的贫穷。

“包比诺先生！——皮安训先生！”

这是仆人在内客室门口通报的。内客室对着花园，十分精雅，最近新换过家具。侯爵夫人坐着一张由裴里公爵夫人行起来的，洛哥哥式的靠椅。拉斯蒂涅靠近着她，坐在左手一张烤火的矮椅子上，活象舞台上的男主角侍候一位女主角。壁炉架的转角上还有一个男人站着。博学的皮安训猜得不错，侯爵夫人是个性情冷酷，非常神经质的女人：要没有她那种养生之道，连续不断的火气早已使她的皮肤变成土红色了；但她身上穿的，屋子里披挂的，都是色调强烈的料子，把她人工培养的白皙的皮肤衬托得格外鲜明。带红的褐色，栗色，带金色闪光的青色，对她特别相宜。内客室的糊壁花绸与窗帘幔子，仿照当时在伦敦走红的某爵士夫人家里的款式，用的是棕色丝绒，但她加上许多点缀，用美妙的图案把那过于富丽的宫廷色彩冲淡一下。头发的式样梳得象少女，一绺绺的挂着，底下打着卷，烘托出她微嫌太长的椭圆形脸蛋；但滚圆脸越是显得呆板蠢笨，细长脸越是显得雍容华贵。能够使脸蛋拉长或扁平的双面镜，对于上面那个可以应用在人相学方面的规则，便是极显明的证据。

包比诺站在房门口象一头受惊的野兽，伸着脖子，左手插在背心袋里，右手拿着里子满是油腻的帽子；侯爵夫人当下带着嘲笑的意味向拉斯蒂涅递了个眼色。老头儿愣头傻脑的神气，跟他可笑的态度与受惊的表情非常配合，皮安训又在旁哭丧着脸，觉得为了姑丈受到很大的委屈；拉斯蒂涅看着不由得掉过头去笑了。侯爵夫人对来客点点头，好不费劲的从靠椅中抬起身子，又很有风度的倒了下去，表示身体衰弱，希望人家原谅她失礼。

这时，站在壁炉架与房门之间的男人微微行了个礼，推过两张椅子，向医生与法官让坐；看他们坐下了，他又抱着手臂，背靠着墙壁站着。

我们且把这个人物介绍一下。

当代有个画家叫做特刚①，最擅长把所画的东西，不论是一块石头或一个人物，画得引人注意。在这一点上，他运用铅笔比运用彩色画笔的技术更高。比如说，他用素描画一间空荡荡的屋子，只有一把笤帚靠在壁上；只要他高兴，自有本领使你看了不寒而栗：你会觉得那笤帚是染过血迹的，才犯过罪的工具，仿佛庞加寡妇杀了费阿但士以后扫除屋内的血迹用的②。画家能使那笤帚上每根棕都竖起来，象一个人怒发冲冠一样；他会教笤帚在他心中隐藏的诗意和在你想象中发展的诗意之间，作一个媒介。今天他用这把笤帚吓了你一下，明天会另画一把，旁边睡着一只大有神秘意味的猫，告诉你这笤帚是什么德国鞋匠的女人拿到山中去作妖法用的。再不然他画一把气息很和平的，上面挂一个财政部办事员的上衣。特刚的画笔有如巴迦尼尼③手里的弓，有一股磁性般的感应力。我们在文字方面也需要有这样的天才，这样的笔力，才能描写那个身子笔直，清瘦，高大，穿着黑衣服，头发又黑又长，站在那里一

---

① 特刚（1803—1860）为法国十九世纪名画家，以色彩富丽，笔触有力，富于表情著称。

② 法官费阿但士于一八一七年三月被人暗杀，为法国史上有名之惨杀案。

③ 巴迦尼尼（1784—1840）为近世有名的小提琴神手，巴尔扎克常于小说中深致钦佩。

言不发的男人。这位爵爷的脸长得跟刀锋一般，寒光闪闪，冷酷无情，皮肤的颜色象塞纳河浑浊时的水色，也象沉没的货船上的煤块在河中漂流时的水色。他眼睛望着地，一边听一边判断。他的姿态教人害怕，站在那儿，活象特刚笔下那把有暗示罪案魔力的笤帚。有时，侯爵夫人在谈话之间朝他望一下，想暗中征求一些意见；但不论她默默无声的问讯多么迫切，他始终严肃，古板，好比《唐·裘安》戏里的那个石像①。

老实的包比诺坐在椅子边上，对着火，帽子夹在膝盖中间，望着镀金的烛台，座钟，堆在壁炉架上的小骨董，糊壁的料子跟花式，还有时髦太太摆在周围的一切贵重的小玩艺儿。他正呆呆的看得出神，忽然被侯爵夫人甜蜜的声音唤醒了：

“先生，我对你真是千恩万谢……”

老人心里想：“千恩万谢是太过分了，你连一点儿感谢的意思都没有。”

“……因为你肯赏脸……”

他又想：“赏脸！这明明是挖苦我么。”

“……亲自来看一个可怜的当事人，她为了病不能出门……”

听到这里，法官用一种带着搜查意味的目光把她瞅了一眼，察看可怜的当事人的健康情况。他对自己说：“哼，她象生龙活虎一般呢！”

然后他肃然回答道：“太太，你用不着道谢。虽则我的行

① 登徒子唐·裘安诱一女子，见其父亲之石像，乃借端戏谑，邀其参加彼等之夜宴；不料到时石像竟应邀而至。事见莫利哀的戏剧《唐·裘安》第四幕。

动不合法院的习惯，但在这一类案件里头，只要能帮助我们发掘真相，无论什么事都是应该做的。我们的判断，靠良心启示的成分远过于根据法律条文。在我办公室里也罢，在这里也罢，只要能找到事实就行。”

包比诺说话的时候拉斯蒂涅过来跟皮安训握了握手，侯爵夫人也挺殷勤的对医生点点头。

皮安训凑着拉斯蒂涅的耳朵，指着那个穿黑衣服的男人问：“这一位是谁?”

“特·埃斯巴骑士，侯爵的弟弟。”

侯爵夫人回答包比诺说：“令侄告诉我，你忙得很；我也知道你心极好，不愿意露出帮助人的痕迹，免得受的人不安。大概你为了法院的公事非常辛苦。为什么他们不添几个法官呢?”

包比诺说：“噢！太太，那当然是再好没有罗；可是公家会添人的时候，母鸡也会长出牙齿来了。”

这种跟法官的相貌完全配合的谈吐，使埃斯巴骑士把他打量了一下，仿佛心里想：“这家伙倒是容易对付的。”

侯爵夫人望了望拉斯蒂涅，拉斯蒂涅挪近身子，说道：

“你瞧，负责决定私人的利益和生活的，原来是这样的人。”

象多数在一个行业里混到老的人一样，包比诺常常无意中露出本行的习惯，其实就是他思想的习惯。说话脱不了预审推事的气味：喜欢盘问对方，一步紧似一步，逼出他们自己意想不到的结果，说出他们不愿意说的话。相传博索·第·鲍尔谷①最高兴套出对方的秘密，教人上当：这是他由于无法克制的习惯，特意要施展一下老奸巨猾的本领。当下包比诺探明了阵地，认为必须拿出法院为了搜求真相而常用的，最巧妙最隐藏的策略。皮安训冷冷的沉着脸，好象是决意咬紧牙关受罪；但暗里很希望姑丈把这个女人象踩一条毒蛇似的踩在脚下；这个比喻是侯爵夫人的长袍子，高领口，小脑袋，和一波三折的动作提醒他的。

"先生，"特·埃斯巴太太又道，"虽然我最恨露出自私的脾气，但我受罪受得太久了，不能不希望你把案子快快了结。是不是不久就能有个圆满的解决呢？"

包比诺神气很殷勤："太太，在我范围之内，我一定把案子早日办了。"然后又望着侯爵夫人，问："你不知道侯爵和你分居的理由吗？"

"不知道，先生，"她一边回答一边摆好姿势，准备把打好底稿的一篇话说出来。"一八一六年初，特·埃斯巴先生先有三个月功夫性情大变，然后向我建议搬到勃里昂松附近，去住在他的一所田庄上，既不顾到我的习惯，也不管那边的气候会断送我的健康；我拒绝了。我的拒绝引起他毫无理由的责备，所以我那时就疑心他理路不清。第二天，他走了，把他的屋子和我的收入都让我自由支配；他却带着两个孩子住到圣·日内维岗街去了……"

"对不起，太太，"法官打断了她的话，"你所说的收入有

---

① 博索·第·鲍尔谷生于高斯岛，初为名律师，继与拿破仑为敌，终身为外国服务，历任俄国驻法驻英大使，以权术著称。

多少数目呢？”

“一年二万六，”她随便回答了一句。“当时我立刻去请教鲍尔打先生[①]，问他应当怎办；据说事情非常困难，要剥夺一个父亲管教儿女的权，我必须在二十二岁上独自守在家里，那是很多女人会闹笑话的年龄。先生，你一定看过我的状子；我要求把特·埃斯巴先生来一个禁治产处分所根据的事实，你大概都知道了吧？”

“太太，你有没有采取行动讨回你的孩子？”

“我试过的，先生；可是没有结果。一个做母亲的得不到儿女的温情真是太残酷了，尤其在他们能给你享受到天伦之乐的时候，那是所有的女子都重视的。”

“大的一个应该有十六岁了吧？”法官说。

“十五岁！”侯爵夫人不大高兴的回答。

皮安训听着，对拉斯蒂涅瞟了一眼。特·埃斯巴太太咬了咬嘴唇：

“请问孩子们的年龄跟这件事有什么相干？”

“啊！太太，”法官好象对自己说话的分量并不在意，“一个十五岁的少年和他的兄弟，大概也有十三岁了吧，他们有的是腿，有的是头脑，会偷偷来看你的；如果不来，那是为服从父亲，而要服从父亲到这个程度，那一定是非常爱父亲的了。”

“我不明白你的意思，”侯爵夫人说。

“或许你不知道，你的诉讼代理人在状子里说，你两个亲爱的孩子在父亲身边很苦……”

---

① 鲍尔打为巴尔扎克小说中人物，历任法院检察长及诉讼代理人等等的职务。

特·埃斯巴太太好不天真的回答："我不知道代理人替我说些什么话。"

包比诺接下去说："请你原谅我这种结论，但法律是把什么都考虑到的。太太，我向你提的问题，动机是要彻底了解案情。据你说，特·埃斯巴先生离开你的藉口是极可笑的。他本来要和你一同上勃里昂松，结果他仍留在巴黎。这一点我不大明白。他结婚以前有没有认识那个耶勒诺太太呢？"

"不，先生，"侯爵夫人回答的时候有些不高兴的表情，只有拉斯蒂涅和特·埃斯巴骑士看得出来。

她本想笼络这法官，使他的判决对自己有利，没想到反过来被他多方盘问，不由得大为气恼。但包比诺聚精会神的态度完全象个傻瓜，所以她临了也认为包比诺的问长问短，是和服尔德笔下的审判官一样[①]，天生的喜欢发问。

她接着说："我十六岁的时候，由于父母之命嫁了特·埃斯巴侯爵；他们认为侯爵的姓氏，财产，习惯，都合乎作他们女婿的条件。那时侯爵二十六岁，是个合乎英国人标准的绅士；我喜欢他的态度举动，他似乎胸怀大志，而我是喜欢胸怀大志的人的，"她说着朝拉斯蒂涅望了一眼。"倘使侯爵没遇到耶勒诺太太，据他当时的朋友们的意见，凭他的才能，学问，交际，早已参加政府执掌大权；查理十世还没登极就非常器重他，什么贵族院啊，宫廷中的要职啊，政府中的高位啊，都等着他。不料那女人把他迷昏了头，把我们整个家庭的前途断送了。"

"特·埃斯巴先生那时对宗教的意见是怎样的呢？"

---

① 为服尔德所著寓言体小说《天真汉》的人物。

“他一向是，至今还是，极虔诚的。”

“你不觉得耶勒诺太太用什么妖法蛊惑他吗？”

“不，先生。”

“太太，你的屋子非常漂亮，”包比诺突然改变话题，把手从背心袋里缩回来，站起身子，撩开衣摆向壁炉烤火。“这客厅真是太好了，椅子多讲究，每间屋都富丽堂皇。的确，你自己住着这等地方，想到孩子们衣、食、住样样不行，一定伤心透了。对一个做母亲的人，我想不出还有什么更痛苦的事！”

“是的，先生。我多么想使两个孩子有些娱乐，可怜他们被父亲逼着，从早到晚研究那要命的中国学问！”

“你在家里举行盛大的宴会，当然可以让他们快活一下；但说不定会养成他们挥霍的习惯；另一方面，他们的父亲也应该在冬天教他们来看你一两次呀。”

“逢着元旦和我的生日，他是带他们来看我的；那些日子，特·埃斯巴先生特别赏脸；和他们一起在这儿吃饭。”

“这种行为真是怪极了，”包比诺的神气好象完全相信侯爵夫人的话。“你有没有见过耶勒诺太太呢？”

“有一天，我的小叔为了关心他的哥哥……”

“啊！”法官打断了侯爵夫人的话，“这一位原来是特·埃斯巴先生的令弟？”

特·埃斯巴骑士一声不出，弯了弯腰。

“特·埃斯巴先生素来关心这件事，有天带我上礼拜堂①，因为那女的是新教徒，到那儿去听布道的。我看到了她，觉得没有一点儿动人的地方，完全象一个开肉铺子的；胖得异乎寻

① 此系指新教加尔文派在巴黎有名的礼拜堂。

常，一张可怕的大麻脸，手脚长得象男人，眼睛斜视，反正是个妖怪。”

“简直想不通！”法官说着，那表情仿佛他是全国最傻的一位推事。“而那女的还住在这儿附近，住着一所公馆。那末一般真正的布尔乔亚都到哪里去了？”

“是的，一所公馆；并且她儿子住在里头开支浩大。”

“太太，我住在圣·玛梭城关，不知道这一类的费用。你说的开支浩大到底是怎么一个排场呢？”

“噢，”侯爵夫人说，“那包括一个马房，养着五匹马，备着三辆车，一辆轻便四轮车，一辆轿车，一辆双轮篷车。”

“这些是不是花费很大的？”包比诺很诧异的问。

“大得很呢！”拉斯蒂涅插嘴道。“这种场面，就是说马房，车辆，和仆役的号衣等等，一年总得一万五六的开支。”

“你也认为这样吗，太太？”法官更诧异了。

“是的，至少要这个数目，”侯爵夫人回答。

“屋内的家具是不是花费更大？”

“要十万以上呢！”侯爵夫人看到法官这样无知，不由得微微的笑了。

老人又往下说：“太太，当法官的全是多疑的，公家出了薪俸养他们，也是要他们多疑，而我便是这等人。如果事情属实，那末耶勒诺男爵和他的母亲把侯爵剥削得不象话了。据你估计，单是车马一项就得一万六一年。伙食，用人的工资，家里大笔的开销，更应当加倍计算，那一年要花到五六万了。你想这两个人从前那么穷苦，怎么会有偌大家私？一百万的本金才不过生四万法郎利息。”

“先生，他们母子俩把侯爵给的资金都照六折到八折的行市买了公债。我相信他们的进款总该有六万法郎以上。并且那儿子的薪水也很高。”

“倘若他们要花到六万一年，”法官说，“你又要花多少呢？”

特·埃斯巴太太回答：“差不多要这个数目。”

骑士听了作了个手势，侯爵夫人脸一红，皮安训望着拉斯蒂涅；但法官的表情始终天真烂漫，把侯爵夫人骗过去了。骑士看到大势已去，便不再关心他们的谈话。

包比诺说：“太太，这些人大可以送到特别法庭去。”

“我就是这个意思，”侯爵夫人挺高兴的回答。“一听到重罪法庭这几个字，他们就会让步了。”

包比诺又道：“太太，特·埃斯巴先生离开你的时候，有没有给你一份委托书，使你有权处置你的产业？”

“我不了解你为什么要问这些话，”侯爵夫人的语气显得不耐烦了，“我认为，如果你考虑到我丈夫的精神失常使我所处的地位，你就应该多问问他，而不应该问我。”

“太太，咱们就要转到正文来了。倘若侯爵受到禁治产处分，那末在委托你或另外一个人管理财产以前，法院先要知道你对自己的财产管理得怎么样。倘若侯爵给过你委托书，就证明你得到他的信任，而法院对这一点是重视的。你究竟拿到委托书没有？你可有权调度资金，买卖不动产吗？”

“不，先生，勃拉蒙-旭佛雷家出身的人，绝对没有作买卖的事，”侯爵夫人因为贵族的傲气受了伤害，把正事给忘了。“我的产业原封不动，特·埃斯巴先生也没给我委托书。”

骑士听到嫂子的答复每一句都等于自杀，便把手蒙着眼睛，免得露出心中的难堪。包比诺虽然说话绕着弯儿，却始终抓着要点。他指着骑士说：

“太太，这一位没有问题是你的骨肉至亲，咱们当着这几位先生可以不必忌讳罢?”

“有话尽说罢，”侯爵夫人觉得这种谨慎小心很奇怪。

“太太，我相信你一年只花六万法郎；而这笔钱是运用得很好的，只要看你的车马，府第，大批的仆役，和气派远过于耶勒诺家的排场，就可以知道。”

侯爵夫人点点头表示同意。

法官又往下说：“可是倘使你只有二万六千收入，咱们之间不妨老实说，你可能欠到十万法郎左右的债。这样，法院就很有理由相信，你请求对丈夫加以禁治产处分的动机，不免涉及个人的利害关系，想借此偿还债务，如果……如果……你负债的话。因为受了人家请托，我很关切你的处境；你自己酌量一下罢，我看还是一切实说的好。假如我没猜错，你现在还来得及补救，不至于在法院的判决书上受到谴责；倘若你不把你的地位交代清楚，那可是免不了的。我们一方面必须检查申请人的动机，一方面也得听被告的辩诉，追究申请人是否受到情欲的鼓动，有利令智昏的情形，因为很不幸这是极普遍的现象……”

侯爵夫人那时简直象殉道的圣·洛朗受着火刑一样。

法官又道：“……关于这一点，我需要你给我解释。太太，我并不要求和你算一笔笔的账，只是想知道要六万法郎才能应付的排场，你一向怎么支持的，而且支持了这许多年。在日常生活中办得到这一点的女人固然有的是，但你不是这等人。请你告诉我，你可能有很正当的办法，例如王上的恩赏，或是最近得到的公家津贴等等；可是在这种情形之下，你必须由丈夫授权才能领到款子。”

侯爵夫人只是一声不出。

包比诺接着又说：“你想，特·埃斯巴先生可能起而自卫，他的律师可以名正言顺的探听你有没有欠债。这个内客室最近才换过家具，府上每间屋的动用器具都不是侯爵一八一六年上留给你的了。耶勒诺母子的家具，你刚才告诉我已经很贵，你的当然更贵，因为你是一位贵族太太。我虽则当了法官，到底是个人，可能错误的，请你给指点出来。要把一个年富力强的家长宣告禁治产，你该想到法律教我负的责任，想到法律限令我们作的严密的侦查。所以，侯爵夫人，请你原谅我所提出的那些问题，那在你是很容易解释清楚的。一个男人为了精神错乱而被禁治产以后，需要有个财产管理人。将来谁当这管理人呢？”

“他的弟弟，”侯爵夫人回答。

骑士行了个礼。大家静默了一会，那静默使在场的五个人都很窘。法官装聋作傻的把这女人的痛疮揭开了。他那副傻相原来是使骑士，侯爵夫人，拉斯蒂涅忍俊不禁的，此刻却在他们眼中显出了真面目。把他偷觑之下，三个人都发觉那张能言善辩的嘴巴的确千变万化，意义无穷。滑稽可笑的家伙一变而为目光犀利的法官。他早先估量内客室的用意，如今可显出来了：他好比座钟底下那头镀金的象，蹲在那里研究豪华的陈设，结果却看透了这女人的心事。

包比诺指着壁炉架上的摆设，说道："特·埃斯巴侯爵固然是对中国人迷了，但我很高兴看到中国的出品也一样能讨你喜欢。这些可爱的中国玩艺也许都是从侯爵那儿来的吧，"他一边说一边指着贵重的小骨董。

这几句挺风雅的讥刺使皮安训听着微笑，拉斯蒂涅愣了一愣，侯爵夫人却咬着她薄薄的嘴唇。

"先生，"特·埃斯巴太太说，"我处在两难的地位，不是坐视自己的财产和孩子受到损害，便是被人家认为与丈夫作对；现在你先生非但不来保护我，倒反控诉我，倒反怀疑我的用意。这种行为真有点儿莫名其妙……"

法官立刻接住了她的话："太太，法院对这一类案子特别郑重，它可能指派一个批判态度还没有我这样宽容的法官。再说，你以为侯爵的律师会乐意听人摆布吗？便是你的用意极纯正，没有一点儿私心，他不是也会加以中伤吗？你整个的生活，他都要翻来覆去的搜查，还不象我对你存着敬意而留些余地呢。"

"多谢你，先生，"侯爵夫人带着挖苦的意味。"即使我欠下三万五万的债，也不在埃斯巴和勃拉蒙-旭佛雷两家眼里；但倘使我丈夫精神失常，是不是因为我欠了债，就不能使他受禁治产处分？"

"那也并不，"包比诺回答。

侯爵夫人又说："我想不到，在只要坦白真诚就能知道全部事实的情形之下，一个法官会用狡猾的手段来盘问我，所以我现在认为不必再回答你的问题了；虽然如此，我仍可以老实告诉你，我在社会上的身分，为了保持社会关系所花的心血，对我都是很痛苦的。最初我杜门不出，过了几年幽居的生活；但为孩子着想，我觉得不能不代替他们父亲的职司。我招待朋友，接见宾客，欠了债，使他们的前途得到保障，替他们布置一些光明的远景，使他们将来不会缺少帮助和支持；以这种成就而论，不少精于计算的人，法官也罢，银行家也罢，都会毫不吝惜的付出我所花的代价的。”

“太太，我很佩服你爱护儿女的心，”法官回答。“那是你的荣誉，我怎么能责备你呢？法官是属于大众的；他什么都应该知道，什么都应该衡量。”

侯爵夫人凭着她的机智和判断人的习惯，看出无论用什么手段都不能影响包比诺。她本希望遇到一个有野心的法官，不料来的是个正人君子；便忽然想到用别的方法来达到目的了。那时仆役们正好端茶来。

包比诺看见下人预备茶水，便问：“太太还有别的话跟我解释吗？”

“先生，”她很傲慢的回答，“你只管公事公办：讯问了特·埃斯巴先生以后，你就会同情我了，那是一定的……”

她抬起头来又高傲又放肆的向包比诺瞅了一眼，老头儿便恭恭敬敬的向她告辞了。

拉斯蒂涅对皮安训说：“你的姑丈真是太和气了。难道他不明白吗？特·埃斯巴侯爵夫人是何等人物，在社会上有什么影响什么潜势力，难道他一概不知道吗？明儿司法部长还要来拜望她呢……”

皮安训回答：“朋友，教我有什么办法？我早告诉你了，他不是一个通世面的人。”

“不错，他这种人简直自寻死路。”

皮安训向侯爵夫人和那始终不做声的骑士行了礼，急急忙忙追出去；包比诺不愿意参加发僵的局面，早已在一间间的大客厅中往外走了。

法官一边踏上侄子的马车，一边说：“我看这女人欠下十万法郎的债呢。”

“你觉得这件案子怎么样？”

“没把各方面的情形看清楚以前，我从来没有意见的。明天清早我就发传票，约耶勒诺太太下午四点钟到办公室来，要她解释一下关于她的事，因为她是有干系的。”

“我倒很想知道这桩案子的结果。”

“哎！天哪！你没注意到侯爵夫人被人利用吗？牵线的便是那个高大冷酷，自始至终没说过一个字的男人。他颇有该隐的气息，但这个该隐是想利用法院来害他的哥哥，不幸我们手里还有几把萨姆松的剑①。”

皮安训嚷道：“啊！拉斯蒂涅，你在这里头搅些什么名堂呢？”

“这些家庭之中的阴谋诡计，我们见惯了：宣告不受理的禁治产案子，每年都有。我们的风俗并不认为这种企图不名誉；另一方面，只要一个可怜的穷光蛋打破玻璃窗想抢金子，我们就把他送进苦役监。咱们的法律不是没有缺点的。”

“可是状子上所举的事实又是怎么回事呢？”

---

① 《旧约·创世纪》载：亚当与夏娃生子该隐与亚伯，亚伯祭物为耶和华所喜爱，该隐见而嫉妒，即杀害亚伯。——萨姆松为古代以色列族之大力士，大法官。

“孩子，你还不知道当事人要诉讼代理人编的谎话吗？倘若代理人只讲事实，他们盘进事务所的资金就没有利息可拿了。”

第二天下午四点，一个大胖女人，象一口披了衣衫，束了带子的酒桶，浑身大汗，上气不接下气的爬上法官包比诺家的楼梯。她好容易才从一辆绿色敞篷马车中走下来；那辆车和她配合得再恰当没有：你想到这女的就会联想到她的车，想到那辆车就会联想到这女的。

她站在办公室门口，说道：“亲爱的先生，我就是耶勒诺太太，被你老实不客气疑心做贼的。”

她用极普通的声音说了这几句极普通的话，因为害着哮喘病，说话中间还夹着尖锐的嘶嘶声，最后又来一阵咳呛。

“先生，你才想不到我走过潮湿的地方多么难受。说句粗话，我这条命是不会长的。好啦，你找我干吗？”

法官一看见这个所谓女阴谋家，不由得呆住了。耶勒诺太太皮色通红，脸上窟窿多得数不清，额角很低，鼻子往上翘着，脸孔滚圆象一个球，因为这女人身上一切都是滚圆的，眼睛象乡下人一样有精神，讲话嘻嘻哈哈，神情坦白，栗色的头发笼在绿帽子底下的一顶软帽里面，帽上插着一束蔫了的莲馨花。膨亨的乳房教人看了又好笑，又担心它逢着咳呛的时候会哗啦啦的炸开来。那种粗大的腿，巴黎的顽童是拿两根木桩来形容的。耶勒诺寡妇穿着一件缀有灰鼠毛的绿衣衫，在她身上好比沾着油迹的新嫁娘的披纱。总而言之，她浑身上下都是跟“你找我干吗”这句话调和的。

“太太，”包比诺对她说，“有人疑心你用蛊惑手段勾引特

·埃斯巴侯爵，拿到大量的金钱。”

“什么！什么！说我勾引？哎唷，我的好先生，你是一个规规矩矩的人，还当着法官，应该明理的，对我瞧瞧罢！请你说一声，我是不是勾引什么男人的人。我身子也弯不下去，鞋带也没法扣，二十年到现在不能再戴胸褡，要不然马上会闷死。十七岁的时候，我身腰瘦小，象一支芦笋，还长得很俏呢，老实告诉你！后来嫁了耶勒诺，一个挺好的男人，在盐船上当掌舵的。我生了个儿子，长得一表人材，替我很挣面子；我可以不客气的说，他是我最美丽的出品。我那小耶勒诺是拿破仑部下一个很体面的兵，在帝国禁卫军中吃粮。自从男人淹死之后，可怜我大变特变：害了一场天花，在房间里一动不动的躺了两年，等到出房门的时候就胖成现在这样子，又丑又倒楣，这一辈子就算完啦……你说，我凭什么去勾引男人？”

“那末，太太，为什么特·埃斯巴侯爵给你一笔……”

“对啦，给我一笔那么大的家私！可是我不能把理由说出来。”

“你不说出来是不对的。现在他的家属为这件事着了慌，把他告了一状。”

“哎啊！我的好天爷！”那女的猛的站起身来嚷着，“他竟为我受累吗？象他那样的好人，普天之下找不出第二个！要是他遇到什么伤心事，哪怕只是少掉一根头发罢，我们也宁可把收下的钱退回的。法官大人，请你把这话记下来。哎唷，我的天！我马上把事情告诉耶勒诺去。喝！这还象话吗？”

矮胖的老婆子一说完，站起身子就走，三脚两步滚下楼梯，不见了。

法官心里想："这女的倒不是扯谎。好罢，明天去看了侯爵，事情就可以水落石出了。"

凡是过了相当年龄，不再糊里糊涂过生活的人，都知道表面上无足轻重的行为对于人生大事所能发生的影响；他们决不会奇怪象下面那种琐碎的事会有重大的后果。第二天，包比诺害着鼻腔感冒，疾病本身并无危险，俗语却很可笑的称为脑伤风。法官想不到把案子耽搁一下的严重性，觉得有点儿发烧，便留在家里，没有去讯问特·埃斯巴侯爵。这一天耽误对于这桩案子的关系，等于十七世纪时太后玛丽·特·梅迭西斯为了喝汤而延迟了与王上的会见，使黎希留占先一著，赶到圣·日耳曼争回了路易十三的宠信。

我们在跟着法官和书记官进到侯爵寓所以前，对于这一位被妻子指为疯狂的家长，对于他住的屋子和经营的事业应当先瞧上一眼。

# 五　疯　子

巴黎的某些区域还东一处西一处的剩下几所屋子，考古学家一看就觉得屋主人当初颇有装点城市的意思，并且为了爱护产业而特别注重建筑物的耐久。特·埃斯巴先生在圣·日内维岗街上住的屋子，便是用石头盖的古老建筑之一，式样相当讲究。但时间一久，石头变黑了，城市的变迁把它的内部与外观都改了样。自从大规模的宗教机构消灭以后，从前住在大学区内的名流也搬走了：现在这寓所的房客和他们经营的企业，跟当初建造时候的目标已经全不相干。上一个世纪，屋子里开过一家印刷所，把地板损坏了，护壁弄脏了，墙壁弄黑了，屋子内部的分配也破坏了。过去是红衣主教的府第，如今却住满了无名小卒。

建筑的风格，说明这屋子是在亨利三世，亨利四世，和路易十三的朝代盖起来的；同一区内的弥浓府第，赛尔邦德府第，巴拉丁公主的府第和索尔篷纳，都属于那个时代。上了年纪的老人，还记得在上一世纪听见过人家把那幢屋子叫做杜北龙府。杜北龙是一位赫赫有名的红衣主教，屋子可能是他盖的，或者仅仅是住过的。院子的拐角儿上，进门口有一个台阶，一共有好几个磴级；屋子另外一面的正中央，还有一个通到花园去的台阶。两座台阶虽然破旧不堪，但建筑师在栏杆与台座上所花的功夫，证明他有心暗示业主的姓名；那种谐音的玩艺在我们的祖先是常用的[①]。另外一个旁证是，屋子正面的拱梁上还能看出雕着红衣主教冠冕的残迹。

特·埃斯巴侯爵住着底层，无疑是为了要独用花园的缘故；那花园在本区里要算地方很大的了，并且是朝南向，这两点对孩子们的健康最重要。街名既叫做圣·日内维岗，顾名思义，坡度当然很陡峭，因为屋基也相当高，底层从来不至于被潮气侵入。特·埃斯巴先生付的租金大概很便宜；他为了要住在学校中心区就近监督孩子学业而搬来的时代，市面上房租本来很低；再加屋子很破旧，样样需要修理，房东自然更迁就了。所以侯爵不必冒挥霍的名，只花了少数的钱就能舒舒服服的安顿下来。房间的高度，分配，除了一些框子以外一无所有的板壁，天顶的布置，一切都显出大司祭们创造或经营的东西自有伟大的气概，那是现代的艺术家在一些吉光片羽中都能体会到的，不管那吉光片羽是一本书，还是一件衣服，一个书架，或是什么椅子。侯爵所挑选的油漆，是荷兰人和以前巴黎的布尔乔亚最喜欢的棕色，也是在今日的风景画家手中效果最完满的颜色。护壁板上糊着纯色的纸，跟油漆颜色很调和。窗帘料子并不太贵，但挑得很精，刚好配合周围的环境。家具不

---

① 屋主姓杜北龙，北龙二字与台阶的法文读音为谐音，故屋内建造两座台阶以影射屋主姓氏。

多而布置得体。屋子里鸦雀无声，清静之极，色调又那么朴素，统一，画家所谓的统一，使人走进去有一种柔和与恬适的感觉。许多小地方的高雅，家具的清洁，人与器物之间的和谐，教你看了自然而然会说出隽永二字。平日很少人能踏进侯爵和他两个儿子住的房间，而所有的邻居也觉得他们的生活很神秘。

正屋侧面靠街的部分，四层楼上有三间房，破旧不堪，空无所有，完全是被当年的印刷所糟蹋以后的模样。这三间房那时就作为发行《插图本中国史》之用，一间是铺面，一间是办公室，一间是经理室；特·埃斯巴先生每天在那儿消磨一部分时间。从吃过中饭起到下午四点，侯爵在四楼的经理室内监督印刷事宜。来客通常总是在这里见他的。两个孩子放学回家也往往上办公室来。底层的住宅好比一个圣地，为父亲与儿子们从吃晚饭起到第二天早上隐居的地方。所以侯爵的家庭生活隐藏得很严密。仆役只有一个服务多年的厨娘，和一个在侯爵没结婚以前就服侍他的男当差，年纪已经有四十岁。和他们在一起的还有一个带领孩子的女管家。从管理屋子的周到上面，可以看出那女的在主持家务，管教儿童的时候，处处为主人着想，办事有条不紊，而且还有慈母一般的感情。这三个好人态度严肃，沉默寡言，似乎都懂得侯爵处理家庭生活的用意。他们的习惯和多数仆役的习惯比较之下，显得非常古怪，使这份人家蒙上一层神秘色彩，而在特·埃斯巴先生本身招的毁谤以外，更招来许多毁谤。

侯爵自有一些高尚的动机不愿意跟同居的房客来往。他在教育孩子的过程中要使他们完全与外人隔离，或许也想避免东邻西舍之间的麻烦。在进步思想特别盛行于拉丁区的时代，他那种身分的人有那种行为，当然要引起一般人嫉视的心理，那种幼稚无聊只有他们的卑鄙无耻可以相比，这种情绪使门房一流的人在侯爵和他的仆役背后造出许多谰言，一家家的传播开去。他的当差被认为阴险的坏蛋，厨娘是个奸刁的女人，管家妇又串通了耶勒诺太太榨取疯子的钱。所谓疯子，便是侯爵。

房客们慢慢的，不知不觉的，把侯爵的好些行事都叫做疯狂，因为他们推敲来推敲去，找不出一点说得过去的理由。大家既不信关于中国的出版物能够赚钱，碰巧那时他又象许多忙碌的人一样忘了付税而收到限期缴款的通知书；房东便信了众人的话，以为侯爵真的把钱搅光了。于是他一月一日就教人把收据送过去，要侯爵预付全年的房租；但收据被看门女人故意压了下来。半个月以后，法院送出催告公事，看门的又搁了几天才交给侯爵；侯爵以为出于误会，不信人家会要弄一个住了十二年的老房客。赶到他的当差把房租送给业主的时间，执达吏已经上门来执行了。这件扣押的事，被人添枝加叶告诉了跟侯爵有来往的商人。他们之中有几个风闻耶勒诺母子骗掉侯爵大宗款项，早就担心他付不了账，此刻更着了慌。而房客，房东，和债权人的疑心，也差不多由埃斯巴先生家用的俭省给证实了。他的作风很象一个破产的人。仆役在街坊上买些零星的日用品都是现付的，仿佛根本不愿意赊账。并且毁谤的闲话在本区里影响极大，即使仆役想赊点儿什么，恐怕也会遭到拒绝。有些商人喜欢账目不清而跟他们来往亲密的主顾，却讨厌账目清楚而高不可攀的顾客。人就是这种脾气。在无论哪个阶级里，大家对于伤害自己尊严的高出一等的人，不管这高出一等在什么方式之下流露，决不给他方便或通融；反之，对于自己的同党，或是奉承自己的卑鄙东西，大家倒很乐意帮助。所以一个小商人只要痛骂宫廷，就会有一批拥护他的喽罗。

再说，侯爵和他两个儿子的态度，也不免引起邻居的反感，使他们的恶意不知不觉的到一个程度，只要有机会伤害敌人，什么卑鄙手段都会拿出来。特·埃斯巴是一个世代簪缨的贵族，正如他的太太是一个名门望族的女子：这两种了不起的典型在法国非常少见，完满的例子已经屈指可数了。这等人物是以原始的观念，先天的信仰，和童年时代养成而现在社会上早已不存在的习惯，做他们的根基的。一个人要对于纯血统，对于得天独厚的种族抱有信心，要在思想上自以为高人一等，岂非从小就得把贵族与平民的距离估量出来吗？倘使觉得周围的人与你平等，你怎么还能发号施令？大人物未出母胎，造物先在他额上加了一个冠冕，感应他一些观念；教育不是应当把这些观念深深的灌输给他吗？如今这些观念，这种教育，在法国已经不可能有了；四十年来，社会上的贵族都是由时势造成的：它把一些人送到战场上去浴血，给他们荣誉，罩上天才的光轮；代管财产权，长子长孙的特权，都被取销了，遗产被分割得越来越小了；世袭的贵族不得不丢开国家大事而经营自己的产业；个人的伟大只能用长时间耐性的工作去争取：这完全是一个新时代了。特·埃斯巴在所谓封建那个大集团中已经是硕果仅存的分子；在这一点上，他是值得我们钦佩敬服的。固然他自信血统高人一等，但也相信贵族有贵族的责任；而贵族所应有的德性与魄力，他也无不具备。他用他的道德观念教育两个孩子，从摇篮时代起就把他阶级的信仰灌输给他们。对于自己的尊严所抱的深刻的观念，对于姓氏的骄傲，对于身为优秀种族的信心，在他们身上养成了一种天潢贵胄的傲气，尚侠的精神，和古代的诸侯们乐善好施的仁爱。跟他们的观念完全一致的风度，在王侯之间可能被认为极有格局，在圣·日内维岗街上却使每个人侧目而视；因为那区域仿佛真是一个平等的地方似的，何况大家还以为特·埃斯巴先生的家产完了，而在听让暴发户僭占特权的风气之下，从上到下没有谁再肯承认一个穷贵族还有什么资格享受特权。因此，这个家庭与外人之间不但物质上毫无接触，便是精神上也是完全隔膜的。

父亲与两个儿子一样，外表与心灵非常调和。五十岁左右的侯爵，大可作为十九世纪世袭贵族的模型。身材瘦削，头发淡黄，脸部的轮廓与一般的表情都气概非凡，一望而知是个心胸高尚的人物，但有心装出冷若冰霜的神气，未免太庄严了些。他的鹰爪鼻下端有点向左弯曲，这小小的缺点倒也不无风韵；眼睛是蓝的，高爽的脑门在眉毛部分向外突出，把眼睛藏在阴影里；这些都表示他头脑清楚，极有恒心，为人光明正大；但同时也使他眉宇之间有股特别的气息。额角的弯曲的确带些疯狂的征象；浓密而距离很近的眉毛，把这个显而易见的怪相格外加强了。一双手完全是世家子弟的手，又白净，又保养得好；脚很小。说话吞吞吐吐，不但咬音象有口吃病，便是思想也表现得不清不楚，使听的人觉得他翻来覆去，想东想西，老在小地方斤斤较量，手势作了一半会忽然中断，始终没有一个结果。这个纯粹表面的缺点，和他神态坚决的嘴巴，刚毅果敢的相貌，恰好成为对比。走路不大平稳的姿势，和他说话的方式很相配。所有这些古怪的特点，对于说他疯狂的流言都成为旁证。他虽是个漂亮人物，衣著却很俭朴；一件由当差刷得很到家的黑外套，直要穿到三四年之久。

两个孩子都出落得很美，妩媚之中带有贵族的傲气。旺盛的血色，雪亮的眼睛，透明的皮肤，无一不证明生活严肃，饮食有度，工作与游戏的有规律。两人全是黑头发，蓝眼睛，鼻子弯曲，象父亲；但也许母亲把勃拉蒙－旭佛雷家传的谈吐，目光，和庄严的姿态传给了他们。声音象水晶般清脆，有动人心坎的力量，也有那种迷人的柔媚的味儿，总之那种声音是女人们看到他们火剌剌的目光以后极希望听到的。他们尤其有种狷介的纯朴，高洁的矜持，对人避之唯恐不及的态度，将来可能被认为有心做作的，因为他们越是落落寡合，人家越想认识他们。大的一个，格莱芒·特·奈葛勒北里斯伯爵，刚好过十五岁。两年以来，他已经不象兄弟加米叶·特·埃斯巴子爵那样穿美丽的英国短褂了。小伯爵最近半年脱离了亨利四世中学，打扮得象年轻人，正因为初穿漂亮衣衫而非常得意。父亲不愿意他再进一年不必要的哲学班，而要他研究高等数学，把各种学问融会贯通。侯爵同时教他学东方语言，爵徽学，欧洲外交史；并且根据宪章，重要文献，真实材料，和诏书法令等等去研究历史。至于加米叶，最近才进中学的文科班。

包比诺预备去讯问侯爵的那天是星期四，学校放假的日子。早上九点左右，父亲还没醒，弟兄俩在花园里玩儿。兄弟从来没到过射击房，想去练习，非要哥哥在父亲面前帮他说情不可；哥哥不知道怎么拒绝。加米叶欺他软弱，常常喜欢跟他争。那天弟兄俩一边玩一边斗嘴，甚至象小学生一般打架了。他们在园子里追逐，大声嚷嚷，把父亲闹醒了，起来靠着窗口看他们；他们却闹哄得厉害，没有发觉。侯爵望着两个孩子象蛇似的扭做一团，精神充沛，眉飞色舞，脸又红又白，眼睛闪闪发光，四肢搅在一起象火烧的绳子；他们跌下去，爬起来，互相扑在怀里，仿佛杂耍场中两个角力的运动家，使父亲看了满心欢喜，觉得平时在紧张生活中所受的最剧烈的痛苦都有了补偿。

那时二楼和三楼上有两个人向园子里望着，说老疯子居然教两个孩子打架，给自己取乐，好几个人都从窗口探出头来，被侯爵看到了，便对孩子们说了一句话；他们立刻爬上窗子，跳进房间；格莱芒替加米叶向父亲提出要求，父亲答应了。但屋子里议论纷纷，说侯爵的疯狂又有了新的表现。

等到晌午时分，包比诺由书记官陪着到门上说要见特·埃斯巴先生的时候，看门女人带他们上四楼，一路把侯爵当天早上教两个孩子打架的事告诉包比诺，说那毫无心肝的家伙看见小的把大的咬出血来，居然笑了，大概还希望他们俩把命都拚掉呢。

然后她又补充说："为什么要这样？哼！连他自己也说不上呢。"

这样断了一句，她已经把法官带到四层楼上一扇大门前面；门上装着小框子，黏着《插图本中国史》分期出书的广告。楼梯台上全是泥巴，栏杆脏得要命，大门上留着印刷所的污迹，破落的窗上和天花板上被学徒们拿蜡烛的烟熏满丑态百出的图形；或是由于故意，或是由于随便糟蹋的习惯，墙角堆满着垃圾；总之，这副景象的一切细枝末节，恰好配合侯爵夫人在状子里所举的事实，所以法官虽是大公无私，对侯爵夫人的话也不由得不信了。

看门女人说道："这就是他的工场了；他在中国人身上花的钱，足够养活整个街坊呢。"

书记官微笑着望着包比诺，包比诺也不容易保持他一本正经的神气。两人走进第一间屋子；里面有个老人，大概是办公室的仆役，兼管铺面和银钱出纳的事，可以说是替中国打杂的。四壁的长搁板上堆着印好的图书。房间尽里头，用木条格子另外分出一个小间作为办公室，挂着绿布帘，有个授受银钱的窗洞说明那是账柜所在。

"特·埃斯巴先生在家吗？"包比诺问那个穿灰色工衣的人。

仆役听了，打开小间的门，让法官与书记官看到一个白头发的令人起敬的老头儿，衣服穿得很朴素，挂着圣·路易十字勋章，正坐在书桌前面校阅一批彩色图片。他停下工作瞧着两位来客。办公室陈设简单，放满着图书和校样；另外一张黑桌子大概是一个当时不在那儿的人办公用的。

"阁下可是特·埃斯巴侯爵吗？"包比诺问。

"不是的，先生，"老人站起身来回答。"你们找他有什么事？"他这样补了一句，向他们走过来，举动态度都显出是受过贵族教育的人。

"我们有些纯粹关于他私人的事和他谈。"

那人听了便走进最后一间屋子，向正在壁炉旁边看报的侯爵说："特·埃斯巴，有两位先生找你。"

这最后一间办公室铺着旧地毯，挂着灰布窗帘；家具只有几张桃木椅，两张靠椅，一张盖子可以上下推动的书桌，一张德龙兴式的书桌[1]；壁炉架上放着一个起码座钟，两个旧烛台。老人走在来客前面，推出两把椅子让坐，仿佛他是主人似的，侯爵也老实不客气让他这么作。双方行礼的时候，包比诺把所谓疯子打量了一下；侯爵不免问到两位客人的来意。包比诺向老人与侯爵很有意义的望了一眼，回答说：

"我觉得我的职务和今天的使命需要和你单独谈话，虽然根据法律的本意，在这个情形之下进行的侦查也得有同住的人在场。我是塞纳州初级法院推事，奉庭长之命来讯问一些事实，都是特·埃斯巴侯爵夫人在申请禁治产的状子里提到的。"

包比诺说完，那老人就退出去了。

---

① 德龙兴为十九世纪瑞士名医，创行一种很高的斜面的书桌，可以让人站着写字。

# 六 讯 问

等到只有法官和当事人在场的时候，书记关上了门，迳自走到德龙兴式书桌前面，铺上公文纸预备写笔录了。包比诺始终打量着特·埃斯巴先生，看他听了刚才的话有什么反应，因为那几句话对于一个理智健全的人是极残酷的。侯爵的脸，平日是象所有头发淡黄的人一样没有血色的，突然气得通红；他微微打了个寒噤，拿报纸放在壁炉架上，坐下来把眼睛低下了。不久他恢复了上流人物的尊严，望着法官，似乎想从他相貌上找出一些关于他性格的标记。

他问："先生，这样重要的状子，法院怎么没给我一个副本？"

"侯爵，本案的被告既被指为失却理性，送达副本就变成多此一举了。法院的责任，首先在于把原告的陈诉调查清楚。"

"很对，"侯爵回答。"那末先生，请你告诉我应当怎办……"

"只要答复我的问题，任何细节都不要省略。不论你使侯爵夫人作为藉口的某些行为有怎样不得已的苦衷，也不论这苦衷怎样的难于启齿，你尽管直说，不必顾虑。不消说，法院方面很明白它的责任，在这种场合自会保守秘密……”

侯爵的面部表情非常痛苦，他说：“先生，倘若经过我解释以后，侯爵夫人的行事可能受到责备，那又会发生怎样的后果?”

“法院可能在判决书上对申请人的动机加以谴责。”

“这种谴责有没有伸缩性？如果我答复你问题以前向你要求，即使将来你的报告有利于我，判决书上也不说一句使侯爵夫人难堪的话，法院能不能加以考虑?”

法官望着侯爵；两人心照不宣，有些同样高尚的思想在精神上交流。

包比诺吩咐书记官：“诺埃，你到隔壁屋里去。等我用到你的时候再叫你。”

书记走出以后，包比诺又对侯爵说：“如果象我现在所推想的，这件事情中间有什么误会，那我敢答应你，根据你的请求，法院的行动可以留些余地。”法官停了一会，又道：“我请你解释特·埃斯巴太太陈诉的第一件事，也是最重要的一件。据说你把大宗款子送给一个船夫的寡妇，耶勒诺太太，更确切的说是送给她的儿子耶勒诺上校，同时凭你在王上面前的宠遇竭力保举他，你对他的照顾甚至帮他攀了一门极好的亲事。原告的陈诉，似乎说这种友谊超过了一切感情的范围，连违背道德的感情也不到这程度……”

侯爵的脸和脑门突然胀得绯红，连眼泪都冒上来把睫毛沾湿了；然后他的傲气把这种在男人身上被认为懦弱的冲动压了下去。

他声音异样的回答说："真的，先生，你使我非常为难。我本来预备把我行为的动机带到坟墓里去的……因为提到这问题，我就得向你暴露家庭的一些丑史，还要提到我自己，这最后一点，你知道又是我极难启齿的。先生，希望一切只有你我两人知道。在公文的程式方面，你起草判决书的时候一定有方法不提及我告诉你的事实……"

"侯爵，在这种情形之下，无论什么事都办得到。"

特·埃斯巴又道："先生，我结婚以后不久，因为太太挥霍无度，不得不借一笔款子。贵族家庭在大革命时期的境况，你是知道的。我没力量雇一个总管或经纪人。今日之下，差不多所有的贵族都得亲自料理产业。我家里财产的契据，多数是由我父亲从朗格陶克，普罗望斯，公太几省带到巴黎来的，因为他很有理由害怕革命党人从田契和所谓特权执照上面追究业主。我们本姓奈葛勒北里斯。特·埃斯巴这个姓是我们在亨利四世的朝代，和特·埃斯巴家结了亲，连同财产一起承继下来的；那份人家是裴恩地方的一个大族，和我们联姻的条件便是要把他们的爵徽画在我们爵徽的中央。奈葛勒北里斯是一个小城，在宗教战争中跟我那些姓奈葛勒北里斯的祖先一样有名。和特·埃斯巴家结亲的时候，我们把奈葛勒北里斯的田地丢了。奈葛勒北里斯的职位是统领官，他损失了全部家产，因为新教徒痛恨蒙吕克①的朋友们，一个都不肯放过。王家对于这位牺牲惨重的奈葛勒北里斯很不公道，既不封他为元帅，也不给他一个缺分，或是对他的损失有何补偿。查理九世待他很好，可惜没有酬报他就死了；亨利四世替他撮合了特·埃斯巴

① 吕蒙克为法国十六世纪将领，在宗教战争中以残杀新教徒闻名。

家的亲事，让他承继他们的家业。可是奈葛勒北里斯的田产已经全部落在债主手里。我的高祖把妻子的财产花光了，只留下特·埃斯巴家的长房田给我曾祖，其中还得划出一部分作陪嫁。高祖死后，我的曾祖特·埃斯巴侯爵，象我一样年纪轻轻就当了家。他在宫廷里有一个差事，所以经济情形更窘。但路易十四对他特别宠幸，使他挣了一份很大的家私。那时我们家的爵徽就沾上了一个无人知道的，丑恶的，血迹斑斑的污点，我此刻正在想法洗刷。这秘密是我在有关奈葛勒北里斯田地的文契和家里的旧信中发现的。”

在这个庄严的时间，侯爵说话毫无口吃的现象，也没有平时语言重复的习惯。凡是在日常生活中有这两项缺点的人，一旦胸中有了强烈的感情，说话往往会极其流畅。

他又道：“然后《南德敕令》被撤销了①。先生，也许你不知道路易十四的亲信借此机会发了多少财。凡是新教徒不按照公家规定出售的产业，都被路易十四没收，分给他的左右。象当时的传说一样，王上的宠臣都四出逐鹿，猎取新教徒的家产。我千真万确的知道，有两个侯爵的田地全是一些可怜的商人被充公的家私。逃亡的新教徒中有巨额财产需要带走的，到处遇到圈套；人家对他们用的怎样的手段，我用不着向你当法官的人解释。你只要知道，奈葛勒北里斯的田地，包括二十六个地方教区和对于各乡镇的特权，还有从前也属于我们的葛拉方日田地，都早已落入一个新教徒的手里。由于路易十四的恩

① 法国宗教战争（1562—1593）告终以后，亨利四世于一五九八年颁布敕令，史称《南德敕令》，保障新教徒之信仰自由，及与旧教徒之平等待遇。此项敕令被路易十四于一六八五年十月十八日下诏撤销，致大批新教徒流亡于英、荷、德诸国，为法国史上最大规模的移民。

赐，我的祖父把这两处产业收回了。但这恩赐的经过对另一方面是极不公道极残酷的。那两处田地的业主，把家属先打发到瑞士去，自以为日后还能回到祖国来，便假装卖掉田地，自己也打算逃往瑞士。他大概想尽量利用法定限期，留在法国料理买卖，不料被地方总督抓了起来；出面顶替，充他买主的人把事实招供了；可怜的商人结果被吊死，而我的父亲却到手了两处田地。我要不知道我祖父参加这些阴谋诡计倒也罢了；无奈那位总督是他的舅父，不幸我又看到总督的一封信，教我祖父向台奥达多斯想办法，台奥达多斯是宫廷中的近臣背后称呼王上的暗号。信中取笑那个牺牲者的口吻，使我看了毛骨悚然。流亡在瑞士的家属寄钱回来替可怜的人赎命，总督收了钱，照旧要了商人的命。”

侯爵说到这儿停住了，仿佛这些回忆还把他压得喘不过气来。

然后他又接着说：“那可怜虫叫做耶勒诺。单单这个姓就可以给你说明我的行为了。想到我的家庭有这样一段可耻的历史，我不由得痛苦万分。靠了这笔家私，我的祖父娶了拿伐兰-朗撒克家的女儿，那是小房的承继人，家业远过于大房。从此以后，我的父亲被认为国内数一数二的大地主，娶的是葛朗里欧家小房的女儿，便是我的母亲。那家私虽是不义之财，对我们倒是一本万利。因为决意要快快的补赎这桩罪过，我写信到瑞士去，直到把那家新教徒的踪迹访查明白了才安心。我打听到耶勒诺家潦倒不堪，已经搬回法国来了。以后我又发觉，那倒楣的一家的承继人是一个拿破仑部下的骑兵中尉。在我看来，耶勒诺一家的权利是很明白的。要确定时效问题，不是先得控告产业的持有人吗？但为了宗教而亡命的人，教他们向哪个法庭去陈诉呢？他们的法庭是在天上，或是在这里，”侯爵说着，拍了拍心窝。“我不愿意我的孩子们将来对我象我对祖先一样想法。我要传给他们一份没有污点的遗产，一个没有污点的爵徽；我不愿意贵族的品格在我身上变成自欺欺人的谎言。并且以政治观点来说，大革命时代逃亡出去的人既然都要求收回被充公的产业，他们自己怎么还能保留用罪恶的手段抢来的财产？耶勒诺先生母子俩老实得近乎迂执，据他们说来，我还是受他们剥削呢。我花了多少口舌，他们只肯收回路易十四时代的地价。我们把那地价议定为一百一十万法郎，可以陆续支付，不用加利息。为了张罗这笔款子，我必须有个很久的时期不能动用我的收入。事情到了这个阶段，我才如梦初醒，发觉我对太太认识错了。我向她提议离开巴黎，住到外省去；在那儿凭她收入的半数就能过着体体面面的生活，而且可以提早还清那笔债；我把事情告诉她，只是没说得怎么严重。不料她把我当作疯子。我这才发见了她的真性格：她可能问心无愧的赞成我祖父的行为，还会取笑新教徒呢。看她那么冷酷，对孩子们不关痛痒，居然毫无遗憾的让我带走，我不禁害怕起来，决意把我们共同的债还清以后，让她保留她那份财产。她说过她不能因为我发傻而跟着赔钱。既然我的收入不够开销；也没力量供给孩子们的教育费，我就打定主意亲自教育，希望他们成为勇敢的人，名副其实的绅士。我把进款买了公债，因为行市上涨，我还清地价的时期比预算的缩短很多。原来我留出了四千法郎家用以外，每年只能拨六万法郎，要十八年才能拨完；可是最近我把一百十万法郎统统归清了。我很运气，偿还了人家的损失，并没使孩子们吃一点儿亏。先生，这就是我把款子交给耶勒诺太太母子的理由。”

法官听着大为感动，硬压着感情问道：

“那末侯爵夫人对你隐居的理由是知道的了？”

“是的，先生。”

包比诺把腰板一挺，表示大吃一惊，猛的站起来打开办公室的门，招呼他的书记，

“喂，诺埃，你回去罢。”

接着又对侯爵说：“先生，虽则你这番话已经使我完全明白，但状子上还提到一些别的事，我想听一听你的解释。比如说，你在这儿经营商业，这一点似乎跟你的身分不合。”

“这件事不便在这里谈，”侯爵说着，向法官作了一个手势请他出去；然后又对着老人：“努维翁，我下去了；两个孩子快回家了，你等会来吃饭罢。”

“侯爵，”包比诺在楼梯口问，“你不住在这里吗？”

“不，先生。我为了出版事业特意租这几间屋子作办公室。你瞧，”他指着壁上的广告，“这部历史的发行人不是我，而是巴黎一家最有地位的书店。”

侯爵把法官让进底层的屋子：“先生，这才是我住的地方。”

屋内那股诗意毫无卖弄风雅的痕迹，包比诺一进去就悠然神往。那日天气极好，窗都开着，客室内布满了园中草木的香气；一道道的阳光把略带褐色的护壁照得格外光鲜。包比诺看到这个幽雅的环境，认为决不是一个疯子所能创造出来的。

他心上想：“对啦，我就需要这样一所屋子。”接着又高

声问："你不久要搬走了吧？"

"希望能这样，"侯爵回答道，"可是我要等小儿子完成学业，等他们弟兄俩的个性完全成熟，再把他们带到社会上去，让他们接近母亲；并且，除掉已经给他们的实学以外，我还想加以补充，教他们游历欧洲各国的京城，见见世面，见见人物，把学的语言实地应用一下。"他请法官在客厅内坐下了，又道："关于印行《中国史》的事，我不能在一个老世交面前和你谈。他是努维翁伯爵，大革命时代流亡在国外，回来连一点家私都没有了；我跟他一同办这件事，与其说为了我自己，不如说为了他。我并没告诉他我隐居的理由，只说我跟他一样把家产搅光了，可是还有些资本足够经营一桩买卖，他也可以从中出点力。我从小有个受业的老师，叫做葛罗齐埃神甫，由于我的保举，查理十世派他做阿尔直那图书馆馆员，那图书馆是今上当太子的时候就主管的。葛罗齐埃神甫对于中国极有研究，深知它的风俗习惯。我在一个人极容易对所学的东西入迷的年龄上承继了他的遗产，二十五岁就学会了中文。我承认我对这个民族的钦佩简直不能自已，因为它能把征略者同化，它的历史比神话的年代或圣经的年代还要古老，稳定的制度使它能保持领土的完整，纪念建筑伟大无比，行政机关完满无比，革命是不可能的，它认为理想的美是贫弱的艺术原则，它的工艺和珍贵的出品发展到登峰造极；我们无论在哪一点上都不能超过它，而我们自命为高人一等的成绩，他们却和我们并驾齐驱。可是，先生，即使我常常在谈笑中把欧洲各国的情形与中国的相比，我到底不是中国人，而是一个法国绅士。倘若你怀疑这个企业，我可以提出证明，这部附有插图与统计，涉及文学、宗教各方面的大书，已经得到普遍的赞许，预约的数目到了二千五百部，包括欧洲各国在内，法国只占到一千二。每部书要卖三百法郎；努维翁伯爵从中可以挣到一笔年息六七千法郎的款子，因为我办这个企业暗中的动机便是保障他的生活。至于我自己，只希望能挣些钱让两个孩子有点儿娱乐。我无意中赚的十万法郎可以作他们的特殊支出；凡是他们的衣著、马匹、看戏的钱，击剑和别的玩艺儿的学费，随便涂抹的画布，喜欢的书，以及做父亲的极高兴让他们满足的一切小小的欲望，都有了着落。两个孩子读书那么用功，成绩那么优异，倘若我没力量供给他们这些享受，那我为了维持身家清白所作的牺牲，势必更加痛苦了。的确，先生，我关在家里教养儿子已有十二年之久，这十二年使宫廷把我完全忘了。我的政治生涯，我的世代簪缨的身分，自己可能挣到而传给孩子们的新的光荣，全部放弃了；但是我们姓埃斯巴的并没损失，孩子们将来一定是出众的人物。我固然没有进贵族院，但日后他们可以凭着为国效劳的功绩，光明正大的去争取，他们也必定能为祖国作出一些传世的事业。我把家声洗刷干净之后，等于替后人奠定了一个光荣的前途：虽然这番苦功是没人知道的，没有光华的，也不能不说是一件高尚的行为罢？先生，还有别的事要我解释吗？”

那时好几匹马的声音在院子里响起来。

侯爵说：“他们回来了。”

一忽儿两个少年进了客厅，衣著大方而朴素，穿着带有踢马刺的靴子，戴着手套，很高兴的扬着马鞭。兴奋的脸表示才吹过新鲜空气，精神抖擞，身体强壮。他们俩跟父亲握手，象朋友般彼此交换了一个温柔的眼风，又冷冷的向法官行了礼。包比诺觉得无须再问侯爵与儿子们的关系了。

“你们玩得好吗？”侯爵问。

“玩得很好，父亲。我初次出马，十二枪就打倒六个木人！”加米叶说。

“你们上哪儿散步的呢？”

“上蒲洛涅森林去的。我们还看见母亲呢。”

“她有没有停下来？”

“我们跑得那么快，她一定没看到，”格莱芒回答。

“可是你们为什么不过去招呼她呢？”

格莱芒低声说道：“父亲，我觉得她不大乐意我们在公众地方接近她。”

法官耳朵相当灵敏，把那句话听到了；当时侯爵额上也堆起一些阴影。包比诺欣然看着这幅父子团聚的景象，眼神很感动的打量侯爵，觉得他的面貌，姿态，举动，简直是忠厚正直的德性最完满的表现，完全是一派风雅豪侠的贵族气息。

“先生，你……你瞧，”侯爵又恢复了口吃的毛病，“你瞧……法院可以随时派……派人到这儿来……是的，随时派……派人到这儿来。假如有疯子的话……假如有疯子的话，那只有两个孩子对他们的父亲有点儿疯癫，还有做父亲的对孩子们疯得厉害；但那种疯狂，性质并不坏。”

那时，穿堂里传来耶勒诺太太的声音，她不管当差的拦阻，径自走进客厅，嚷道：

“我才不愿意绕圈子呢！”她说着向大家行了礼，“是的，侯爵，我一定要立刻跟你谈一谈。啊！我又来迟了一步，刑事法官已经先到了。”

“刑事！”两个孩子都叫起来。

“怪不得你不在家，原来在这儿！真是，若要事情糟，只要法官到。侯爵，我特意来告诉你，我们母子俩决意把你的钱全部奉还，因为我们的名誉受到危险了。我跟我儿子宁可还你钱，不愿意你有一点儿不如意的事。说句老实话，真要混账透顶的人才会想到把你来一个禁治产……”

两个孩子紧靠着侯爵的身子，嚷道：“把我们的父亲禁治产？什么事呀？”

包比诺插言道：“太太，别说了！”

“孩子，你们走开，”侯爵吩咐。

两个少年一声不出，往园子里去了，可是脸色很不安。

“太太，”法官说，“侯爵给你们的款子是他在法律上欠你们的，虽然这个偿还的行为是把诚实不欺的原则应用得极其广泛。一个人持有没收得来的产业，不管没收的方式如何，连用不老实手段的在内，倘若过了一百五十年仍应当归还原主，那末法国就很少合法的业主了。雅各·葛的产业使二十几家贵族发了财[①]。英国在占领一部分法国土地的时期滥行没收的产业，也增加了好几个诸侯的财富。根据我们的立法，侯爵尽可自由处置他的进款，谁也不能责备他挥霍。要把一个人加以禁治产处分，必须他行动毫无理性；而他现在给你的赔偿是完全出于最圣洁最高尚的动机。所以你尽可问心无愧的收下；社会要诬蔑这桩义举就让它诬蔑罢。最纯洁的德行在巴黎往往会受

① 雅各·葛（1395—1456）为法国有名的富商，曾资助查理七世与英国作战的军费；后被人诬陷，财产均被没收。

到最卑鄙的毁谤。不幸，发展到现阶段的社会，还要使侯爵的行为显得伟大。这一类的义举倘使不足为奇了，那才是国家的光荣呢。但目前的风俗人情，使我比较之下不得不认为：侯爵非但不该受到禁治产的威胁，还值得人家替他加上一个光荣的冠冕。在我服务司法界的几十年中间，我今天所看到的，所听到的，还是第一次看到，第一次听到。但在最优秀的阶级中，为善行义原是一种习惯，所以我们看到德行最美满的表现，也不必奇怪。——侯爵，我这样说明以后，你大概能相信我是绝对能守秘密的了，并且决不会有禁治产的判决，假定要有判决的话。"

"啊，这才对啦，"耶勒诺太太说。"这才象一个法官！我的好先生，要不是我长得这么丑，我一定来拥抱你了；你说的话真是高深得很。"

侯爵向包比诺伸出手去，包比诺接在手里轻轻拍着，情意极深厚，眼神极柔和的瞅着这位私生活中的大人物；侯爵极有风度的对他微微笑着。两个这样笃厚这样宽宏的心灵，一个是近乎神明的布尔乔亚，一个是超凡入圣的贵族，发的是同一个声音，没有击撞，没有冲动，象两道纯洁的光似的融为一片。整个街坊上的慈父，觉得自己够得上跟这个出身与人品同样高贵的人握手；侯爵也有一种直觉，感到法官心中有的是广大无边的慈悲。

包比诺一边行礼一边补充："侯爵，今天听了你开头几句话，我就认为用不着我的书记了；我很高兴自己能有这点判断力。"

然后他又走近去把侯爵拉到一个窗洞底下，说道："先生，你应当搬回家了，我觉得这件事是侯爵夫人受了别人的影响。你要趁早把这影响消灭才好。”

包比诺一路出去，在院子里，在街上，回头望了好几次，心里对刚才的一幕非常感动。那种印象会深深的印在记忆中间，等一个人需要找些安慰的时候再象鲜花一般的开放出来。

他回到家里，想道：“那屋子对我倒很合适。万一特·埃斯巴先生搬走的话，我一定把它租下来……”

包比诺当夜就把报告作好了，第二天早上十点左右，他上法院去打算赶快把案子秉公处理。他走进更衣室，正想穿上公服，戴上胸饰，值班的当差却说院长在办公室里等他。包比诺听了这话，马上过去了。

“你好，亲爱的包比诺，”院长招呼他。“我等着你呢。”

“院长，可有什么紧要公事吗？”

“噢，只是一点儿小事。昨天我很荣幸和司法部长一块儿吃饭，他把我拉到一边说了几句话。他知道你为了经办的案子在特·埃斯巴太太家喝过茶。照他的意思，你最好回避一下……”

“啊！院长，我向你保证，茶一端出来，我就告辞的；而且我的良心……”

“是的，是的，”院长说，“整个法院，还有高等法院，最高法院，谁都知道你的人格。我替你在部长面前说的话，也不必述给你听了；可是你知道：凯撒的妻子是不能被人怀疑的①……所以咱们不必把这件事当作纪律问题，只看作体统问题。

① 此系凯撒休妻时语。后人引用，意为某些人物必须洁身自好，即受极小的嫌疑亦足为盛德之累。

你我之间不妨老实说，这还不是为了你，而是为了法院。”

“可是院长，倘若你知道了案情，”包比诺一边说一边想从口袋里把报告掏出来。

“我早知道你对这件案子一定大公无私。并且我在外省当推事的时候，和当事人一起喝茶的事也多得很；但只要司法部长提到了，只要有人谈到你了，法院就得设法不让外边多言多语。跟舆论界的摩擦对一个司法机关总是危险的，哪怕它理由十足也没用，因为双方的武器差得太远了。报纸可以信口开河，任意猜测；我们却为了尊严不能采取任何行动，连答辩都不行。我已经和你的庭长商量过：你马上去做一个申请回避的公事，我们决定派加缪索先生接办。这样，事情就在自己人中间了啦。再说，你回避了也算帮了我个人的忙；另一方面，你早该得到的荣誉团勋章，这一回我准定替你办到。”

那时一个刚从外省初级法院调到巴黎来的推事加缪索，走过来向院长和包比诺行着礼；包比诺见了不禁带着讥讽的神气略微笑了笑。这个淡黄头发，没有血色的青年，抱着一肚子的野心，满可以把人在刑架上吊上去，放下来，只要上头有命令。他要学的榜样是洛罢特蒙一流而不是莫莱一流[①]。包比诺向他们俩行了礼，退出去了，根本不屑揭穿人家中伤他的谎话。

一八三六年二月　巴黎

一九五四年一月　译

---

① 法官洛罢特蒙为十七世纪时黎希留的羽党，今成为徇私枉法的官吏之代名词。莫莱（1586—1656）则为法国史上有名的刚正不阿的法官。